Con todo nuestro amor
para la tia Angelita

Camilo y Laura

Escucha mi voz

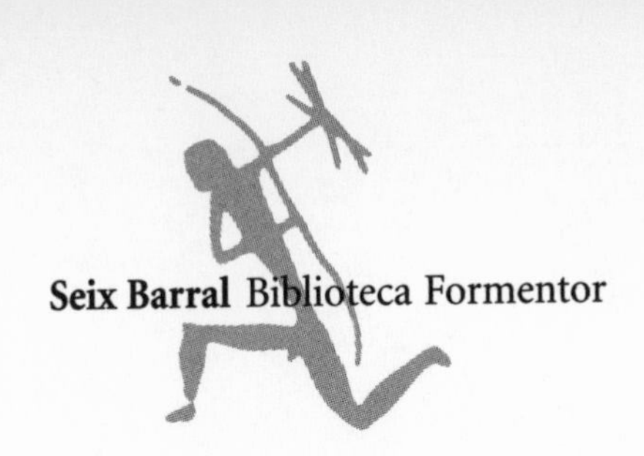

Susanna Tamaro
Escucha mi voz

Traducción del italiano por
Guadalupe Ramírez

Diseño original de la colección:
Josep Bagà Associats

Título original:
Ascolta la mia voce

Primera edición: enero 2007

www.susannatamaro.it

Avda. Diagonal, 662-664 - 08034 Barcelona
www.seix-barral.es

ISBN: 978-84-322-2807-0
Depósito legal: M. 51.018 - 2006

Editorial Planeta Colombiana S. A.
Calle 73 No. 7-60, Bogotá

ISBN-13: 978-958-42-1597-0
ISBN-10: 958-42-1597-9

Primera reimpresión (Colombia): febrero de 2007
Impresión y encuadernación: Quebecor World Bogotá, S. A.
Impreso en Colombia - Printed in Colombia

A Daisy Nathan

Volved a mí y yo volveré a vosotros

Malaquías 3, 7

PRELUDIO

1

Tal vez la primera señal fuera la tala del árbol.

No me habías dicho nada, no eran cosas que incumbieran a los niños, y así, una mañana de invierno, mientras yo escuchaba en clase con una profunda sensación de ajenidad las virtudes del mínimo común múltiplo, la sierra agredía el candor plateado de su corteza; mientras arrastraba los pies por el patio del recreo, astillas de su vida caían como nieve sobre la cabeza de las hormigas.

La devastación me cayó encima al volver del colegio. En la hierba, en el lugar del nogal, había un abismo negro, el tronco ya serrado en tres partes y sin sus ramas yacía en el suelo mientras un hombre con la cara congestionada, envuelto por el humo sucio del gasóleo, intentaba extirpar las raíces aferrándolas con las grandes tenazas de una excavadora; la máquina chirriaba, resoplaba, reculaba y se encabritaba entre las imprecaciones del obrero: esas malditas raíces no querían abandonar la tierra, eran más profundas de lo previsto, más tercas.

Mi árbol —el árbol con el que crecí y cuya compañía yo estaba convencida de que me seguiría a lo largo de los años, el árbol bajo el cual pensaba que crecerían mis hijos— había sido desarraigado. Su caída arrastró consigo muchas cosas: mi sueño, mi alegría, mi aparente despreocupación. El crujido de su caída, una explosión; un antes, un después; una luz diferente, la oscuridad que se hace intermitente. Oscuridad de día, oscuridad de noche, oscuridad en pleno verano. Y, desde la oscuridad, una certeza: la ciénaga en la que estoy obligada a avanzar es el dolor.

Al morir el gran nogal lloré durante días. Al principio tratabas de consolarme. ¿Cómo podía provocar una desolación tan grande cortar un árbol? Tú también amabas los árboles, jamás harías una cosa así para herirme; tomaste esta decisión porque daba problemas, estaba demasiado cerca de la casa y también del cedro; los árboles necesitan espacio, repetías, y además, cualquier día, quién sabe, una raíz podría aparecer por el desagüe de la bañera como el tentáculo de un nautilo, y yo no podía querer que sucediera una cosa tan horrible, ¿no? Intentabas hacerme reír, o al menos sonreír, sin ningún éxito.

Reprochar nunca ha sido un rasgo de mi carácter. La distancia entre los planetas no es culpa de nadie sino de las distintas leyes de gravitación, el horizonte que se abre es distinto, lo sabías también tú que me leías siempre *El Principito*: cada asteroide tiene su tipo de habitante. Sentía sólo un ligero estupor por tu falta de consideración hacia el baobab: el nogal era exactamente como el baobab. El rosal que quisiste comprarme después no logró sustituirlo de ninguna manera.

Una rosa atrae la mirada, el olfato, pero después se

corta, termina en un jarrón y al final en la basura. El árbol amado, en cambio, echa raíces alrededor de nuestro corazón, cuando muere se secan y se desprenden dejando minúsculas pero indelebles cicatrices como recordatorio.

A menudo, en las noches de mi infancia, te sentabas al lado de mi cama y me contabas un cuento; de todo ese revuelo de princesas, hechizos, animales monstruosos y hechos asombrosos se me quedaron en la mente sólo dos imágenes: los ojos amarillos de los lobos y los pasos poco agraciados y sordos del Golem; los primeros estaban al acecho entre el bosque y los caminos solitarios, mientras que el Golem podía ir donde quisiera, sabía abrir y cerrar las puertas, subir las escaleras; no devoraba a los niños ni los transformaba en monstruos, sin embargo, me aterrorizaba más que cualquier otra criatura y no era aire sino hielo lo que respiraba al evocar su nombre.

Apabullada por esas sombras amenazadoras decidí levantarme y llegar hasta el lugar donde antes se alzaba el árbol.

Era una noche de principios de otoño, no fría pero húmeda, en el aire flotaba un perfume de esencias que restituía destellos del verano; a lo mejor provenía de las manzanas, unas aún en las ramas, otras ya podridas en tierra, o tal vez de las pequeñas ciruelas de pulpa amarilla, apenas maduras. La temperatura aún no había llegado a bajo cero y por lo tanto habían caído pocas hojas, caminaba sobre la hierba todavía verde salpicada de ciclaminos silvestres y de algún jaramago que se había librado de tu limpieza.

Porque ese nogal —que antes estaba y después ya

no— era mi espejo, el primer espejo de mi vida. De rodillas en la tierra herida, asomada a ese abismo, inmersa en la siniestra luz de la luna, con una semilla en la mano y el corazón aparentemente vacío, de repente comprendí que en mi vida no levantaría edificios ni haría fortuna, ni tampoco formaría una familia. Mientras una piña del cedro se desplomaba con estrépito en el suelo a mi lado, vi con claridad que el camino que se abría ante mí era el camino arduo y perennemente solitario de las preguntas.

2

Si regreso a la casa con la memoria, la veo envuelta en la luz del alba. Es todavía otoño porque, en la tibieza de los primeros rayos, la tierra empieza a humear y la niebla asciende. La veo siempre desde lo alto y de lejos, como un pájaro en vuelo; me acerco lentamente y observo las ventanas —cuántas están abiertas y cuántas cerradas—, controlo el estado del jardín, los hilos del tendedero, la herrumbre de la verja; no tengo prisa en bajar, es como si quisiera cerciorarme de que esa casa es de verdad mi casa, de que esa historia es mi historia.

Parece ser que las aves migratorias se comportan de la misma manera, recorren miles de kilómetros sin ningún tipo de distracción, después, cuando llegan a la zona en la que el año precedente han puesto su huevo, empiezan a controlar: ¿sigue allí el castaño de Indias de flores blancas? ¿Y el automóvil de color verde? ¿Y la simpática señora que sacudía siempre en la hierba las migas del mantel? Observan todo con precisión, porque durante meses en los desiertos de África esa señora y ese automóvil han permanecido en su mente. Pero el mundo está lleno de señoras amables y de automóviles verdes, ¿cuál es entonces el factor determinante?

No es una visión, sino un olor, el conjunto de los perfumes que pueblan el aire en las cercanías del nido: si la fragancia del lilo y la del tilo se superponen por un instante, pues bien, ésa es la casa, el lugar exacto al que regresar.

En cambio el olor que me invadió al regresar de América fue el de las hojas mojadas que no logran arder; era por la mañana, nuestro vecino las había amontonado e intentaba inútilmente prenderles fuego, llenando el aire de una pesada humareda blanca.

De ese humo surgiste tú, quizá algo más delgada de como te recordaba.

Convencida de que, cruzando el océano habría logrado liberarme de ti, viajé durante meses, vi muchas cosas, conocí a muchas personas, sin embargo, la distancia produjo exactamente el efecto contrario.

El odio que sentía hacia ti seguía intacto. Me sentía como un zorro de cola grande, inadvertidamente rocé el fuego y caminaba perseguida por las llamas; dondequiera que fuera sentía furia, y dolor y deseo de escapar del incendio; el incendio me seguía a todas partes, cada vez más grande, más devastador. Cuando introduje la llave en la cerradura, detrás de mí ya no estaba la cola sino una gavilla entera, el heno estaba seco y crepitaba, ardía con alegría emanando sus siniestros fulgores.

Estabas en la vereda del jardín con la escoba en la mano.

«¡Estás aquí!», exclamaste, la escoba se cayó, la madera del mango golpeó la piedra con un ruido seco.

«Me parece evidente», te contesté y, sin añadir nada

más, fui a mi habitación seguida por los alegres gemidos de *Buck*.

En las semanas siguientes reemprendimos nuestro ritual de crueldad cotidiana —yo te odiaba y tú intentabas esquivar ese odio—. En los días en que te sentías más fuerte tratabas de atenuarlo pero tus movimientos de boxeador sin entrenamiento tenían el poder de provocar en mí una irritación aún mayor. «¿Qué quieres?», gritaba, «¡desaparece!». Te llamaba vieja, le daba patadas a las puertas repitiendo como un mantra *muérete muérete muérete muérete muérete...*

Es difícil comprender cómo se había formado ese odio en mí. Como todos los sentimientos complejos, no era posible imputarlo a una única causa sino más bien a un conjunto de sucesos, relacionados de manera desfavorable con la innata predisposición del carácter.

Lo que en mi primera infancia fue un riachuelo tranquilo, en los albores de la adolescencia se transformó en un río devastado por las lluvias; el agua ya no era verde sino amarilla, a cada obstáculo se encrespaba produciendo un fuerte rugido, en sus meandros se acumulaban todo tipo de desechos, trozos de poliestireno, bolsas de plástico, pelotas pinchadas, muñecas desnudas y sin piernas, ramas arrancadas, gatos muertos con la barriga tensa como un tambor —chocaban entre sí con un blando chapoteo, impotentes, resentidos, incapaces de liberarse—; así, desde la infancia, debajo de la superficie, empezaron a acumularse tantas cosas y ni tú ni yo éramos entonces capaces de verlas: una palabra dicha o no dicha, una mirada de más, un abrazo no dado —todas las normales incomprensiones de cualquier relación— con los años se transformaron para nosotras en un polvorín.

He dicho nosotras, pero en realidad debería decir para mí, porque tú tratabas con todas tus fuerzas de evitar cualquier explosión.

Callabas cuando pensabas que era mejor, hablabas si considerabas que era más útil hacerlo, pero tus silencios y tus palabras estaban siempre fuera de lugar. «¿Por qué te callas?», te gritaba, irritada por tu falta de reacción. «¿Por qué hablas?», rugía convencida de que lo que decías era sólo una provocación.

De vez en cuando tenía una crisis. La electricidad invadía mi cerebro, termitas agresivas corrían debajo de la caja craneal, eran ellas las que apagaban la luz, sus mandíbulas seccionaban los cables y todo se sumía en una profunda oscuridad. Y de la oscuridad a la reconquistada serenidad. De repente ya no había un río dentro de mí sino un lago, un pequeño lago de montaña, la luz del alba teñía de rosa las cimas y, en el fondo, grandes truchas se movían con la sinuosidad de las algas.

Sí, absolutamente todo podía volver a empezar, como el día emerge de la noche. Se abrían las ventanas y un aire fresco invadía la casa; con el aire entraba la luz, parecía que ya no había rincones oscuros: hacíamos juntas una tarta, salíamos juntas a hacer la compra o íbamos a la biblioteca a escoger nuevos libros.

«¿Por qué no tomas tus pastillas?», me decías, y yo te obedecía durante dos o tres semanas.

Las semanas de la tranquilidad.

Era bonito, en esos días, poder respirar, caminar, mirar alrededor sin oír siempre a las espaldas el chisporroteo de la mecha, era reconfortante dormir y levantarse sin el temor de estallar.

Pero como todas las cosas agradables, duraba poco.

De golpe, una mañana, abría los ojos y me asaltaba el tedio de la paz, esa vida coherente y responsable ya no era la mía, no era mío el mundo del sentido común donde las acciones se sucedían la una a la otra, despreocupadas como los niños en un corro.

Necesitaba el dolor para sentirme viva, tenía que correr por mis venas junto a la hemoglobina, era el único camino de verdadera existencia. Sabía que era ácido, veneno, nube tóxica, intuía que corrompería mi interior y todo aquello con lo que entraba en contacto, pero no podía renunciar a él. La bondad, la sensatez no tenían tanta energía, eran sentimientos débiles, monótonos, carentes de una verdadera dirección.

¿De qué servía ser bueno? Vivir una vida de fantoche, una existencia de saco de patatas, víctima inerte de voluntades más grandes.

Además, ¿qué era la bondad? Una nube indefinida de acciones inocentes, la melaza que hay que atravesar para llegar a una forma cualquiera de recompensa, los cotorreos odiosos de los *talk show* vespertinos. ¿De qué me servía un producto tan mediocre? De nada, absolutamente de nada.

Del amanecer a la puesta de sol deambulaba como si fuera el cono de un volcán, entre el corazón y el fuego el contacto era directo, no había meandros, sofiones, ni callejones sin salida: el magma incandescente y fluido se movía dentro de mí, subía y bajaba con ritmo irregular, a veces rebasaba, como el agua en un recipiente demasiado lleno.

A los diez, once, doce años todavía podía leer a tu lado en el sofá, pero a los trece, empecé a dar señales de intolerancia; a los catorce, la única historia que de verdad quería conocer era la mía.

Fue precisamente durante una de esas tardes de lectura —era el mes de abril, una lluvia fría caía en el jardín— cuando de repente salió de mi interior otra persona: estábamos leyendo *Las mil y una noches*, uno de tus textos preferidos, y me levanté de golpe resoplando: «¡No aguanto más estas tonterías!»

Inclinaste el libro, incrédula.

«Pero, ¿qué dices?»

«Digo lo que me da la gana», contesté, y dando un portazo salí de la habitación.

Durante toda mi infancia, mientras mis compañeros se atiborraban de programas televisivos, llenabas mi vida de fábulas, de poesías, de historias extraordinarias. Amabas la lectura y querías transmitirme esa pasión o también puede que estuvieras convencida de que alimentarse de cosas bellas era un antídoto para el horror.

Hasta donde me alcanza la memoria de nuestra vida en común, entre tú y yo ha habido siempre un libro: ése era el camino por el que sabías conducir tus relaciones, era tu mundo, el mundo en el que habías crecido, la burguesía judía que había abandonado el estudio de la Torah por el de las novelas. Con los libros se comprende mejor la vida, decías con frecuencia, a través de la lectura puedes comprender en profundidad las emociones.

¿Era contra eso contra lo que me rebelaba? ¿Contra tu pretensión de comprender las cosas? ¿O contra el hecho de que, a pesar de la gran cantidad de personajes inmortales que caminaban cotidianamente con familiaridad por el territorio de mis sueños, en lugar de volverme más juiciosa, era cada vez más inquieta? ¿Por qué en lugar de sentir la profundidad de las emociones era su falsedad lo que percibía?

Era como si, en el transcurso de los años, el andamiaje de nuestra relación lo hubieran construido manos poco expertas, al principio parecía sólido, pero más tarde, elevándose, empezó a mostrar sus fallos; bastaba un poco de viento para hacerlo oscilar. A lo largo de los tubos se habían encaramado tantos personajes: Oliver Twist y Miguel Strogoff, Aladino y el Principito, la Sirenita y el Patito Feo, el Golem y la bruja de Hansel y Gretel, la jauría de perros de Colmillo Blanco, Martin Eden, Urashima y la divinidad benigna y maciza de Ganesh que, en medio de una danza frenética de dibbuk, hacía rechinar con un sonido lúgubre las traviesas. Estaban todos allí, entre tú y yo, unos sentados, otros de pie, y sus rostros se interponían entre los nuestros, sus cuerpos proyectaban sombras sobre nuestra historia y yo quería luz, la luz de la sinceridad, la luz de la claridad.

La luz que me permitiría ver los únicos rostros que realmente deseaba ver, los de mis padres.

Sí, el período de la inquietud fue el momento de la reaparición de mi madre. Hasta entonces su presencia había permanecido discretamente en un segundo plano. Estábamos nosotras dos y en nuestra relación éramos —o creíamos ser— autosuficientes: ningún roce, ninguna pregunta indiscreta, los días se deslizaban como un tren en la niebla, todo estaba atenuado, carente de verdadero espesor, la constricción impuesta por los raíles nos daba la certeza de la tranquilidad.

Pero, una mañana de mayo, al despertarme me di cuenta, por primera vez, de que no había una fotografía suya en toda la casa, ni en el salón ni en la cocina, ninguna huella en tu habitación y ni tan sólo tuviste el buen gusto de poner una en la mía. La única reminiscencia de su aspecto yacía en mis recuerdos, pero era pequeña entonces y con los años sus facciones, como un dibujo expuesto demasiado tiempo a la luz, habían empezado a desvanecerse, confundiéndose con otros rasgos, con otros fragmentos de historias.

¿Quién era mi madre?

De ella sólo sabía dos cosas: que había muerto en un accidente de coche y que había estudiado en la Universidad de Padua sin llegar a licenciarse.

Esa mañana irrumpí en la cocina, la leche estaba ya en el fuego, lo estabas apagando.

«¡No tenemos fotografías suyas!», exclamé.

«¿Fotos de quién?»

Oí un ruido dentro de mí como cuando se anda sobre el hielo, la garganta me tembló un instante antes de que lograra decir: «De mamá.»

Dos días más tarde, en mi mesilla de noche apareció un pequeño marco que contenía una imagen en blanco y negro de una niña que llevaba un gracioso vestidito de nido de abeja; estaba sentada en un columpio, el mismo columpio de tubos rojos que teníamos en el jardín. Cogí la foto y te alcancé en el jardín.

«No quiero tu hija», te dije, «quiero mi madre».

Antes de romperla me dio tiempo a leer en el dorso: *Ilaria, once años.*

Entonces en mi habitación apareció una polaroid de colores inciertos, representaba a una joven mujer en una sala llena de humo, tenía una mano debajo de la barbilla y parecía estar escuchando a alguien.

3

Ahora sé que los acontecimientos pueden tener diferentes matices, lo que vemos con nuestras limitaciones es casi siempre parcial. Tal vez pensabas que era mejor no turbarme con los recuerdos o quizá para ti el dolor era todavía demasiado fuerte —en el fondo sólo habían pasado diez años— como para poder soportar una foto suya en casa. Puede que prefirieras tener su mirada y su rostro guardados en la profundidad de tu corazón; era allí donde habías erigido un altar, era allí, en la oscuridad y en el silencio, donde conmemorabas la atrocidad de la pérdida.

En aquella época, sin embargo, con el furor maniqueo de la adolescencia, veía sólo una parte de la realidad: la anulación. Habías perdido una hija y no querías recordarla, ¿podía existir algún indicio mayor de perversidad del alma?, y esa hija, además, era mi madre, muerta prematuramente tras una vida de claroscuros.

De ella no me habías contado prácticamente nada. Claro que yo habría podido preguntarte y tú, seguramente al principio con un cierto apuro y después con mayor soltura, me habrías hablado y, reviviendo esos momentos, el hielo de tu corazón se habría derretido, yo les habría dado un nombre a mis recuerdos y tú te habrías liberado del lastre de los tuyos; al final nos habríamos abrazado permaneciendo así un largo rato, con el rostro humedecido por las lágrimas, mientras el sol se ponía a nuestras espaldas y las cosas a nuestro alrededor se sumergían poco a poco en la penumbra.

Pude hacerlo, pero no lo hice. Era el momento de la confrontación y así tenía que ser: pared contra pared, acero, mármol, diamante. La que tuviera la cabeza más dura, el corazón más feroz, sobreviviría al final. En mi obsesión culpabilizadora estaba convencida de que tú te habías comportado como esos animales que a veces raptan los cachorros de sus semejantes para hacérselos suyos. Deseabas permanecer joven o quizá sentías envidia de tu hija, por eso le quitaste la suya, su único motivo de alegría. De alguna manera, en definitiva, tu voluntad había interferido en la vida de mi madre: en su vida y en su muerte, porque también en esto —ahora lo tenía claro— debía existir alguna secreta responsabilidad tuya.

A veces pienso lo bonito que sería que en un determinado momento de nuestra infancia alguien nos cogiera aparte y con un largo puntero nos enseñara, como si fuera un mapa colgado de la pared, el plano de los días venideros de nuestra vida. Estaríamos ahí sentados en el taburete, con el mentón en alto, escuchando a un señor (me lo imagino con barba blanca y un traje caqui, geógrafo, naturalista o algo por el estilo) que nos explica el recorrido más seguro para adentrarnos en aquel territorio misterioso.

¿Por qué no nos sugiere nadie los puntos en los que

hay que poner cuidado —aquí el hielo es más fino, allí es más espeso, avanza, desvíate, recula, detente, evita? ¿Por qué tenemos que cargar siempre con el peso de los gestos no hechos, de las frases no dichas, el beso que no di, la soledad que no abracé? ¿Por qué desde que nacemos vivimos inmersos en un extraordinario aislamiento? Todo nos parece eterno y nuestra voluntad reina tenazmente en este estado pequeño y confuso que se llama yo, y lo homenajeamos como a un gran soberano. Bastaría abrir los ojos un solo segundo para darse cuenta de que en realidad se trata de un príncipe de opereta, voluble, remilgado, incapaz de dominar y de dominarse, incapaz de ver un mundo más allá de sus confines, que no son otra cosa que las bambalinas —cambiantes y restrictivas— de un escenario.

¿Cuántos meses habían transcurrido desde mi regreso?

Tres, quizá cuatro. Durante esos meses, meses de guerrilla, no me percaté de nada, no me di cuenta de que tu porte estaba cambiando, de que en tu mirada, en algunos momentos y por sorpresa, se asomaba el extravío.

El primer indicio lo tuve una mañana en que soplaba fuerte el viento del norte; fui a comprar el pan y la leche antes de que se helara el suelo. De regreso a casa me recibiste con una sonrisa pasmada, aplaudiendo brevemente: «¡Te informo de una novedad, tenemos extraterrestres en la cocina!»

«¿Pero qué dices?»

No sabía si reír o enfadarme.

«¿No me crees? Ven a ver, no estoy bromeando.»

Inspeccionamos la cocina de arriba abajo, abrías los cajones, el horno, la nevera, cada vez más excitada.

«Sin embargo estaban aquí hace un momento», repetías. «Te digo que estaban aquí, ahora pensarás que te he tomado el pelo.»

Te miraba perpleja.

«¿Es un juego?»

Parecías casi ofendida.

«Eran siete u ocho. Han aparecido entre los hornillos en cuanto he encendido el gas, cuando lo he apagado se han pasado al fregadero.»

«¿Y qué hacían?»

«Bailaban. No oía ninguna música, pero estoy segura de que bailaban.»

«Quizá se han marchado por las tuberías.»

«¿Por las tuberías? Sí, puede ser, tal vez entran y salen por los grifos.»

Desde ese día, además de nosotras dos la casa empezó a estar habitada por extraterrestres. Te expliqué inútilmente que bajaban de los discos volantes, que sólo los veían los científicos de la NASA o quien había empinado demasiado el codo, era realmente imposible que bailaran en la cocina de una casa: si hubieran aterrizado en el jardín se habrían dado cuenta todos los vecinos y los árboles se habrían incendiado.

Me escuchabas tranquila pero por tu mirada comprendí que no abandonabas tu idea.

«Más que extraterrestres me parece que son dibbuk», te sugerí un día. Levantaste los hombros con impaciencia como diciendo llámales como quieras.

Según tu descripción eran verdes, del mismo color claro de los guisantes frescos, y también su consistencia era similar a esa leguminosa; en cambio los brazos y las piernas recordaban los de la salamanquesa, pero en posición erecta. La cola era corta y pelada, y en lugar de la boca y la nariz tenían una larga trompa con la que hablaban, comían y respiraban. Aparecían y desaparecían en los momentos más inesperados, bajaban por la chimenea, nadaban en la bañera y con sus manitas pegajosas nos saludaban desde el ojo de buey de la lavadora. A veces te parecía que volaban o trepaban por las cortinas como pequeños marsupiales. Ahora ya no se conformaban con bailar, se reían. «¡Se ríen de mí!», decías con rabia, cruzando la casa con el pelo suelto.

Caminabas sin parar, con ritmo frenético, ibas y venías por la casa, salías y entrabas del jardín, sin tregua, incluso por la noche (cosa que no habías hecho nunca), subiendo y bajando las escaleras, abriendo y cerrando cajones; a veces me daba la impresión de que tenía en casa un ratón bailarín, esos ratones que, por una anomalía genética, corren siempre dando vueltas, *tic tic tic tic tic tic.*

Tus pasos cruzaban mis noches.

Un par de veces me levanté y te aferré los hombros —eran delgados, frágiles— sacudiéndote: «¿Qué estás buscando?»

Me miraste fijamente con suficiencia casi altanera. «¿No comprendes? Trato de defenderme.»

Una mañana, al amanecer, ya vestida y con paso seguro, te fuiste al pueblo, a las ocho el tendero te encontró inmóvil delante de la puerta de su comercio.

«Quiero algo contra los extraterrestres», le dijiste cuando todavía no había levantado la verja.

Intentó calmarte inútilmente proponiéndote un producto contra las polillas —que lograría desanidarlos— o un líquido capaz de echar de las tuberías a cualquier intruso. Diste un puñetazo con tu pequeña mano en el mostrador, gritando: «¡Es una vergüenza!», y saliste como una furia.

Desde aquel día, cuando iba al pueblo a hacer la compra, cada vez con más frecuencia, me preguntaban con simulada indiferencia: «¿Cómo está tu abuela?»

4

En una casa abandonada el deterioro procede de manera lenta pero inexorable, el polvo se acumula, las paredes, sin calefacción, empiezan a absorber el frío del invierno y el calor del verano; sin la renovación de aire, el calor y la humedad transforman la casa en una sauna, los estucados se agrietan y caen en forma de polvo; al poco tiempo empieza también el mortero, se desprende de las paredes y cae al suelo con batacazos cada vez más consistentes, como cuando del tejado cae la nieve en el momento del deshielo. Mientras, por las ráfagas de viento o por algún gamberro aburrido, los cristales también acaban hechos añicos. Los cambios meteorológicos son ahora más potentes, lluvia y viento penetran sin barreras así como rayos encendidos y montones de hojas, papelajos, trozos de plástico, ramas, acompañados por todo tipo de insectos y de pájaros, de ratones y murciélagos; colonias de palomas anidan en el suelo, los abejorros construyen sus nidos en las vigas del techo, mientras que los murciélagos herradura encuentran más cómodas las lámparas; lo que queda del suelo lo corroen los excrementos y los dientes de los roedores se encargan de destruir lo demás.

Así, la que un día fue una bonita casa, es ahora un edificio habitado sólo por espectros, a nadie se le pasaría por la cabeza abrir esa puerta: demasiado peligroso, las continuas infiltraciones han podrido el forjado, basta un peso mínimo para caer al piso de abajo. El suelo se derrumba y arrastra consigo todo lo que un día fue la vida de la casa: se desploman uno tras otro muebles, jarrones, platos, vasos, macetas, álbumes de fotos, abrigos, zapatos, zapatillas, libros de poesía, fotografías de los nietos, recuerdos de viajes.

Durante aquellos largos meses, la imagen del deterioro de la casa estaba siempre presente en mi mente, visualizaba una habitación y después la veía derrumbarse, no de golpe sino poco a poco, como si a su alrededor la realidad tuviese otra consistencia —arenas movedizas o gelatina—. Las cosas caían pero, en lugar de estrellarse, eran engullidas por una nada silenciosa y en ese vacío se movían sólo los fantasmas, entraban y salían por las rendijas con la agilidad de las anguilas.

A lo largo de años, quizá décadas, los extraterrestres dormitaron en algún lugar de tu cerebro, probablemente salieron de un documental y entraron en tu cabeza, con sus piececillos con ventosas y su nariz-boca en trompeta, y allí permanecieron sin nunca dar señales de vida. Mientras tú cocinabas, hablabas, conducías el coche, leías libros, escuchabas música y recitabas poesías de memoria, esa pequeña colonia estaba allí pendiente en una especie de medio sueño esperando sólo que cedieran los goznes y que un golpe de viento más fuerte que los demás la liberara.

Sí, los extraterrestres-dibbuk fueron la señal de alarma. Debí preocuparme por esos primeros indicios, prepararme para la batalla, en cambio ni siquiera me puse una armadura, no podía imaginar que la guerrilla de casa se transferiría a otro frente, que ya no sería yo la que tendería las trampas sino un invisible enemigo que combatía en dos frentes.

Tenía que defenderte y defenderme a mí misma. Día tras día, tu memoria se derrumbaba como el forjado de la casa deshabitada.

Se derrumbaba y se poblaba de fantasmas.

En un momento dado, entre tú y yo había una gran multitud, vivíamos con esa funesta compañía, poniendo los pies sobre un suelo tan fino y transparente como el hojaldre.

Un par de meses después de la aparición de los extraterrestres llamé al médico y, para no alarmarte, fingí que era para mí.

Aquel día te comportaste de modo absolutamente normal, pusiste la mesa en el cenador del jardín, extendiste un bonito mantel y le ofreciste galletas y té frío al médico, tu viejo amigo. Él, como si nada, te hacía preguntas y tú le respondías contenta; después pasasteis a hablar de las inminentes vacaciones, de uno de sus nietos que estaba por llegar, y del mejor sistema para combatir el pulgón de los rosales, te habían dicho que la manera más económica y eficaz era la de rociarlos con el agua de colillas de cigarrillos remojadas.

«¡Claro!», comentó el médico, «si nos matan a nosotros, también matarán a los pulgones».

Te miraba y me sentía desconcertada. ¿Dónde habían ido a parar los indeseables habitantes de la cocina?

En el fondo del jardín, un mirlo reclamaba con insistencia su territorio, los mosquitos se aglomeraban sobre un parterre particularmente húmedo, mientras la luz del atardecer iluminaba sus alas, transformándolas en esquirlas doradas. Al pasar un ruidoso ciervo volante por encima de la mesa, te levantaste.

«Os dejo solos un momento, las hortensias tienen sed.»

Te seguimos en silencio con la mirada hasta el grifo; *Buck* te acompañaba, ladrándole a la manguera negra de plástico que reptaba por el suelo. ¿Jugaba? ¿Creía que te defendía? Quién sabe.

Una vez solos, no me costó convencer al médico de que esa calma, esa normalidad eran sólo aparentes. En las enfermedades que comprometen la memoria y la personalidad —me explicó—, al principio, existe un cierto control; inconscientemente, la persona se esfuerza ante los extraños en mantener el mismo comportamiento de siempre, es como si una especie de extraordinario pudor descendiera sobre ella para protegerla.

Habías tenido un ictus mientras yo estaba en América —¿acaso no me había enterado?, me preguntó él—, probablemente se había producido algún otro episodio isquémico, el cerebro tenía cada vez menos riego, el hipocampo empezaba a fallar; al principio, desaparecían los días, después los meses, los años, las voces y los rostros, era como si se subsiguieran los tsunamis: cada ola se llevaba un detalle, lo arrastraba hasta el mar abierto, al océano, a un lugar del que no era posible regresar. Las pocas cosas que podían resistir, las deformaba la violencia del impacto.

Estabas todavía regando las flores, veíamos tu silueta moverse a contraluz, sumergida en la llovizna luminosa de las gotitas de agua en suspensión.

«¿Se puede curar?», pregunté.

El médico abrió los brazos.

«Poco o nada. Sólo administrarle unos calmantes.»

«¿Y cuánto puede durar?»

«Hasta que el corazón aguante. Parece cruel, pero es así. La cabeza se va y el corazón resiste, puede latir durante años en un cuerpo que es como una concha vacía.»

Cuando acompañé al médico a la puerta, lo saludaste de lejos con la mano abierta, como una niña a punto de irse de excursión con el colegio.

El día se terminó sin sorpresas. Después de haber regado el jardín, entraste en la casa y preparaste la cena. Por la ventana abierta entraba el aire de principio de verano, perfumado, tibio, cargado de esperanza. Hablamos de libros, querías volver a leer los Buddenbrook. «¿No es aburrido?», te pregunté. «¡En absoluto!», y te pusiste a hablarme del cervecero Permaneder, de su mujer y de todos los personajes que en esos años habían permanecido en tu mente.

Antes de ir a dormir nos dimos un beso de buenas noches, no lo hacíamos desde mucho antes de que me fuera a América.

En la cama pensé que quizá habías bromeado, que te habías divertido tomándome el pelo y ahora el juego se había terminado, y con ese pensamiento me dormí.

A la mañana siguiente me desperté de golpe, con tu cara furiosa encima de la mía: «¡Me has robado las zapatillas!»

Al cabo de unas semanas me encontré conviviendo con una persona completamente desconocida, habían desaparecido los extraterrestres pero los reemplazó la manía persecutoria.

Todo y todos conspiraban contra ti.

Una conjura de cuchicheos malévolos, de burlas a las espaldas, de continuos hurtos; desaparecían las zapatillas y la bata, se volatilizaban el bolso y el abrigo, desaparecían en la nada las llaves de la casa y las gafas; alguien había robado las cacerolas con las que querías cocinar y la comida que acababas de preparar; en la nevera no había huella de la compra y faltaba el jabón en el baño. De todos estos robos, y dado que los extraterrestres ya no estaban, era siempre y sólo yo la responsable, lo hacía únicamente para hacerte rabiar, para transformar tu vida en un infierno de pesquisas.

En la ferretería compraste numerosos candados y cadenas con los que lo atabas y cerrabas todo. Para no perder las llaves las habías ensartado en una larga cinta roja que te colgabas del cuello; ese tintineo continuo unido a las pisadas de tu infatigable caminar, es el ruido de fondo que me ha quedado de aquellos meses.

Me acusabas de las cosas más impensables y no sabía cómo defenderme, las pocas palabras que intentaba decir eran como un líquido inflamable, pocas gotas bastaban para hacerte explotar; estallabas entonces con furia, la mandíbula contraída, los ojos entornados, las manos delgadas que arañaban el aire; pasabas horas profiriendo maldiciones irrepetibles. Abrías y cerrabas los cajones, llevabas furtivamente las cosas de un sitio a otro aún más secreto. Abrías y cerrabas los armarios, la nevera, el horno. Subías y bajabas las escaleras. Abrías y cerrabas las ventanas, te asomabas de golpe para descubrir a alguien al acecho y lo mismo hacías con la puerta de entrada: estabas segura de haber visto a alguien, detrás de las jambas se escondían presencias que te escrutaban con maldad, había que combatirlas de manera implacable, anticipándose a ellas.

Para crear un mínimo de complicidad, te ayudaba a organizar las distintas estrategias de defensa; compré un silbato y te confié que era mágico, que tenía el poder de mantener alejadas a las entidades malignas. Me lo arrebataste de la mano, mirándome pasmada. «¿De verdad? ¿Funciona?», repetías con una especie de alivio agradecido.

En efecto, funcionó durante un tiempo.

Ahora, en la casa, al ruido de tus pasos, al tintineo de las cadenas se había añadido ese silbido agudo, acompañado puntualmente de los ladridos de *Buck*, molesto por la frecuencia demasiado aguda. En medio de esa sinfonía infernal ahora era yo la que vagaba como un fantasma. En los escasos momentos en los que cedías al sueño te contemplaba: te recogías en posición de defensa, los puños contraídos, los labios tensos, los músculos del rostro seguían moviéndose sin parar así como, debajo del sutil velo de los párpados, lo hacían los ojos.

Observaba tus facciones tratando de reencontrar la persona que me había criado. ¿Dónde estaba? ¿Quién era esa anciana que tenía delante? ¿De dónde había salido? ¿Cómo era posible que una persona razonable y amable se transformara en lo opuesto? Mezquindad, ira, desconfianza, violencia, ¿de dónde venía toda esa basura?, ¿la albergaba desde siempre dentro de sí o simplemente había logrado controlarla durante todos estos años y ahora, sin el freno inhibidor de la salud mental, manifestaba lo que siempre había deseado ser?, ¿o era de verdad un dibbuk, una entidad venida del exterior?,

¿existía la posibilidad de que este dibbuk entrara en mí también?

¿Y si, como sucede con ciertos robots de las películas de ciencia ficción, todos contenemos desde el principio —escondido entre la pía madre y la dura madre— un programa de autodestrucción? ¿Y quién pone en marcha el temporizador? ¿Quién establece los tiempos?

Nunca me había detenido demasiado sobre la cuestión de si el cielo estaba habitado o no por Alguien diferente a los extraterrestres, pero en esas largas tardes de otoño, por primera vez reflexionando sobre ello, me di una respuesta: el cielo está vacío o, si no lo está, la entidad que lo habita se desinteresa totalmente de lo que sucede en este mundo, se trata de alguien, en definitiva, que mientras creaba su juego se distrajo bastantes veces. ¿Cómo se puede explicar si no el hecho de que una persona pudiera contener una forma tan alta de deterioro?, ¿que en pocos meses quedara anulada una vida llena de dignidad y de inteligencia?, ¿que la memoria pudiera desaparecer así como por encanto? ¡Qué hipocresía había en los que hablaban de un Padre bueno! ¿Qué padre puede desear un destino similar para sus hijos?

A menudo, por la noche, para escapar del continuo repiqueteo de tus pasos, del silbato, del chirrido de las bisagras, me refugiaba en el punto más alejado del jardín.

Vista desde fuera, la casa parecía verdaderamente la nave de los fantasmas: te veía aparecer anunciada por el tintineo de las llaves y desaparecer como una sombra detrás de las ventanas iluminadas, mientras que de la carretera nacional llegaba el ruido de los camiones y resonaba el solitario ladrar de los perros de las casas diseminadas de la zona.

En las noches de viento, los pinos negros crujían por encima de mí como los palos de una nave.

Me quedaba allí acurrucada y finalmente podía llorar. Más que de dolor, de rabia; del llanto pasaba a las patadas, golpeaba los troncos con violencia, le daba puñetazos a la corteza hasta que me chorreaba la sangre por las muñecas. *¡Deja que me muera!* Le gritaba al viento, levantando la voz para que se llevara mis palabras lejos, hacia lo alto. *¡Haz que se muera, llévatela, destrúyela, pulverízala! ¡Si no la quieres a ella, al menos tómame a mí! ¡Sí, si existes, Tú, allí arriba, haz que me muera!* Después me tiraba al suelo y abrazaba a *Buck* que, asustado, movía la cola a mis pies.

Una mañana, tras despertarme de una de esas noches al raso, tuve el temor de que mi ruego hubiera sido atendido; había dormido más que de costumbre y al entrar en la casa sentí que flotaba una inaudita calma: ni pisadas, ni silbidos o ruido de cadenas, ni una imprecación, nada.

Tras unos minutos de incrédula espera, abrí con cautela la puerta de tu habitación, temiendo encontrar tu cuerpo; con el mismo temor registré todas las habitaciones: no había rastro de ti.

Bajé entonces al jardín seguida por *Buck*, pero no estabas entre las hortensias, ni en el leñero, ni tampoco en el fondo del garaje. No podías haber cogido el coche porque hacía tiempo que había hecho desaparecer las llaves, por lo tanto, si habías salido, lo habías hecho a pie, a pesar de que el abrigo estaba en su lugar, así como tu inseparable bolso.

Iba a ir a la policía para denunciar tu desaparición cuando sonó el teléfono: era el frutero, te había detenido mientras atravesabas un cruce, descalza y en combinación, y te había llevado a su tienda.

«Estamos en el túnel», repetías sin cesar. «¡Papá, mamá, estamos en el túnel, lo hemos logrado!»

Hacía algún tiempo que tu nueva obsesión eran los bombardeos, y los alemanes que llamaban a la puerta. Cuando me viste aparecer me recibiste con hostilidad, sin reconocerme. «¿Qué quiere de mí?» Sólo cuando me acerqué para decirte al oído que yo era la responsable de la defensa antiaérea, me diste la mano y me seguiste hasta la casa con la docilidad de una niña cansada.

A partir de esa mañana, lo alarmante fueron las huidas y los actos irreflexivos. Te lavabas las manos en los hornillos de la cocina; si querías comer mermelada, en lugar de abrir el frasco, lo rompías y te tragabas también los cristales como si nada. Si por seguridad te encerraba en una habitación, gritabas que había que correr al refugio porque la sirena había sonado ya; cuando *Buck* se asomaba a la puerta, quizá por su lejano parecido con un pastor alemán, gritabas: «¡viene la Gestapo!», y con el rostro surcado de lágrimas corrías a esconderte.

De persona hostil, me convertí en una extraña, nunca sabías quién era. En esos meses, para sobrevivir y hacerte sobrevivir, me transformé, como el genio de Aladino que tanto amabas, en una infinidad de personas diferentes.

El juego se terminó en una ventosa mañana de diciembre. Cuando regresaba de la compra, te encontré tumbada en el jardín, llevabas puesto el camisón, los pies desnudos sucios de tierra y *Buck* que gemía a tu lado. Perseguida por uno de tus fantasmas habías salido corriendo de casa y, probablemente al tropezar con una raíz, te golpeaste la cabeza contra un árbol. Estabas estirada con un brazo hacia delante como si estuvieras nadando en la hierba, y sonreías. Un reguero de sangre te surcaba la frente. Y, por fin, los ojos estaban quietos debajo de los párpados.

5

No falleciste esa mañana sino tres días más tarde, en la sala de un hospital.

El ángel de la muerte con su espada llameante descendió antes del amanecer, mientras yo, en casa, me agitaba inquieta en la cama. *Buck* debió sentirlo porque, por la mañana, no lo encontré esperándome como siempre en el jardín; desaparecía con frecuencia, y, por lo tanto, no me alarmé demasiado, pero por la tarde recibí una llamada de alguien que había visto mi número de teléfono en su chapa: un coche lo había atropellado no lejos del hospital. Quizá corrió hacia allí para despedirse o para aprovechar el viaje a la ultratumba. Ya se han llevado su cuerpo a la incineradora, me informaron.

A tu sepelio asistieron sólo cuatro o cinco personas: los vecinos y dos viejas amigas que todavía se mantenían en pie. El cura habló como lo hace el propietario de un concesionario de coches, las palabras habituales, vagamente aburridas, para realzar la buena calidad del producto.

Faltaban pocos días para el fin de año; a la salida del cementerio nos saludó una ráfaga de fuegos artificiales.

En el autobús un alegre grupo de jóvenes alborotaba, debían de haber bebido bastante ya, uno de ellos llevaba en la cabeza un gorro de Papá Noel, otro una careta de un muerto viviente.

De vuelta a casa no hice otra cosa que dormir. Dormí tres o cuatro días con un sueño pesado, carente de sueños. La casa estaba fría, las imprevistas ráfagas hacían batir las persianas con violencia, de vez en cuando el ruido seco y violento me despertaba con un sobresalto, como un disparo.

Cuando empecé a moverme de nuevo, la gran ausencia cotidiana no era la tuya sino la de *Buck*: seguía hablándole, lo buscaba, le guardaba las sobras; la tentación de ir a la perrera a escoger otro perro fue grande, pero después me vi atrapada por el número infinito de gestiones que conlleva el final de una vida.

No lograba sentir todavía dolor por tu ausencia. Las habitaciones estaban vacías, sumergidas en el silencio como un teatro al finalizar la función, ya no se oían pataleos, pasos, ni golpes de tos.

La parte de mí que hubiera tenido que sufrir el luto se había agotado antes de tiempo, quemada por la exasperación y por la violencia de tu rapidísimo deterioro; acogí tu desaparición con alivio: finalmente dejaste de sufrir.

Sólo el tiempo, un día, permitiría que resurgiera en mi memoria lo importante que fuiste para mí.

Una vez finalizados todos los trámites burocráticos, no sabía qué hacer, tu enfermedad había agotado todas mis energías, no lograba sentir dolor, sino sólo un gran desconcierto.

¿Quién eres?, me preguntaba, ¿qué harás de mayor? No tenía la menor idea.

Durante todo el mes de enero, el viento del norte sopló con una extraordinaria intensidad, un par de veces llegó a nevar y los corzos llegaron hasta el jardín en busca de brotes.

Me quedaba acurrucada en el sillón delante de la chimenea con nuestros libros al lado (ahora cubiertos de polvo) y aún podía oír tu voz contándome el cuento de los tres cerditos. «*Soplaré, soplaré y lo destruiré todo, rugía el lobo por debajo de las puertas.*»

«Es imposible que entre aquí», decías después para tranquilizarme, «esta casa es sólida, de ladrillos, no se ha construido sobre la arena, sino sobre la dura roca del Carso».

Los cimientos y las raíces, añadías, se asemejan un poco, permiten mantenerse estable y no ceder a la violencia del viento. Para dar solidez a una casa se debe excavar y excavar, exactamente como lo hacen las raíces de los árboles, año tras año, en la oscuridad de la tierra. En cambio en América, añadías, ponen las casas encima del suelo como si fueran tiendas de campaña, por eso es suficiente el soplo de un lobo para desarraigar ciudades enteras.

Sola, en el silencio de la casa, ya no estaba tan segura de tus palabras, me daba la impresión de que el viento silbaba entre las jambas repitiendo *se ha terminado, terminaaaadoooo,* como me susurraba el tambor de la lavadora de niña: *todo es inútil, todo será destruido.*

En el corazón de la noche, la puerta de entrada gemía bajo las arremetidas del viento del norte, parecía que de verdad alguien daba patadas ahí fuera gritando: ¡Gestapo!

De día, en lugar de defenderme del viento, salía a afrontarlo, corría al encuentro de sus ráfagas como don Quijote con sus molinos de viento. *Mátame, purifícame, ráptame, llévame lejos, lejos de aquí, arráncame de mi vida,* repetía sin parar en mi corazón.

Dormía poco, comía aún menos, no veía a nadie, no tenía proyectos, me sentía como un boxeador solo en medio del ring. Durante años me había entrenado, había practicado el jab y el uppercut, saltado a la cuerda para prepararme para el encuentro final y de repente el adversario, sin ningún preaviso, había abandonado el combate. Yo seguía saltando, claro, pero el único enemigo que tenía ante mí era mi sombra.

Sin esos momentos de oposición, mi vida era como una bolsa vacía a merced del viento, no se movía por voluntad propia sino que seguía los caprichos de las ráfagas.

Jamás había pensado en mi futuro.

De niña había tenido algún sueño efímero: ser jefe de estación (con el disco indicador en la mano y la gorra roja) o capitán de una nave, acróbata en un circo o adiestradora de perros, pero eran sólo eso, sueños, sin ninguna relación práctica con la realidad; a partir de la adolescencia sólo tuve una meta: la de atacarte. Ahora que, con una estrategia genial, habías abandonado el campo, caminaba por la casa como el perro de Pavlov, tiraba de la cadena y mis dientes rechinaban, pero la tan esperada campanilla no sonaba nunca.

¿Qué sentido tenían mis días ahora que estaba sola en el mundo? ¿Qué sentido tenían incluso cuando estabas tú? ¿Y cuál era en general el significado de los días de todos los seres humanos? ¿Por qué motivo las personas repetían siempre los mismos gestos? ¿Por costumbre, por aburrimiento, por incapacidad de imaginar algo distinto, de hacerse preguntas? O tal vez por miedo, porque es más fácil seguir el camino ya trazado.

Mientras empujaba el carrito del supermercado, miraba los rostros blanquecinos bajo la luz de neón y me preguntaba: ¿Qué vida tiene sentido? ¿Y cuál es el sentido de la vida? ¿Comer? ¿Sobrevivir? ¿Reproducirse? Lo hacen también los animales. Y entonces, ¿por qué nosotros caminamos sobre dos patas y usamos las manos? ¿Por qué escribimos poesías, pintamos cuadros, componemos sinfonías? ¿Sólo para decir que la barriga está llena y que hemos copulado lo suficiente para garantizarnos la descendencia?

Ningún ser humano desea venir al mundo. Un buen día, sin que nos hayan consultado, nos encontramos en medio del escenario, algunos obtienen el papel de protagonista, otros son simples comparsas, otros salen de la escena antes de finalizar el acto o prefieren bajar y disfrutar del espectáculo desde la platea —reír, llorar o aburrirse, según el programa del día.

A pesar de esta evidente violencia, una vez nacidos nadie se quiere ir. Me parecía una paradoja: no pido venir al mundo, pero una vez aquí, ya no me quiero ir. ¿Cuál es entonces el sentido de la responsabilidad individual? ¿Soy yo el que escojo o soy escogido?

¿Es pues verdadero acto de voluntad —lo que diferencia al hombre de los animales— decidir cuándo marcharse? No escojo venir al mundo, pero puedo decidir cuándo decir adiós: no ha sido por mi voluntad que he bajado, pero sí lo será cuando suba.

¿Pero bajar y subir de dónde? ¿Hay un abajo y un arriba? ¿O sólo un vacío absoluto?

Después de tu muerte, la imagen que me volvía a la mente, en relación con la casa, era la de una caracola. Cuando aún no había cumplido los seis años, le compraste una para mí a un viejo pescador de Grado, aún recuerdo tu voz mientras me decías apoyándola en mi oreja: «¿Oyes?, es el ruido del mar...»

Permanecí a la escucha un momento y después, de golpe, estallé en uno de esos llantos tremendos e irrefrenables que te asustaban e irritaban a la vez.

«¿Por qué? ¿Qué sucede?», me repetías.

No lograba responderte, no podía decirte que lo que había ahí dentro no era el mar sino el lamento de los muertos, era su voz ese insólito soplo, invadía nuestras orejas con toda la violencia de lo inexpresado, de allí iba al corazón y lo aplastaba hasta hacerlo explotar. Antes, esa caracola había albergado a un gasterópodo (así como, durante muchas décadas, la casa del altiplano había sido la cáscara protectora de nuestra familia), más tarde un cangrejo o una estrella de mar lo habían devorado dejando el caparazón de carbonato de calcio vacío; el agua, insinuándose en su interior, lo había pulido hasta abrillantarlo como la madreperla y ahora, en sus relucientes curvas, ese canto resonaba sin parar.

Los habitantes de nuestra casa corrieron la misma suerte: habían muerto todos y el viento había pasado para limar todos sus recuerdos. Deambulaba, sola, entre las curvas en espiral y por momentos tenía la impresión de perderme en un laberinto. Otras veces, en cambio, comprendía que sólo ahí dentro, buscando, excavando y escuchando, podría llegar a encontrar estabilidad dentro de mí.

También el viento era una voz, transportaba los suspiros de los muertos, sus pasos y las cosas que entre ellos no se habían dicho.

Estando sola en esa casa, de paredes cada vez más lisas, cada vez más transparentes, comencé a pensar en la joven mujer de la fotografía envuelta en una nube de humo. Intentaba recordar el tono de su voz o el calor de su mano, algo que nos hubiese podido unir antes de su desaparición.

Quería saberlo todo de ella, pero ahora ya no tenía a nadie a quien hacerle preguntas. ¿Cómo era, quién era, qué gustos tenía y —quizá lo que más me apremiaba— por qué me había traído al mundo?

Empecé a llamarla vagando por las habitaciones vacías.

Me daba vergüenza pronunciar ese nombre, era como si te traicionara: durante veintidós largos años había repetido «abuela» y ahora, de repente, sólo quería decir «mamá».

GENEALOGÍAS

1

¿Quiénes son nuestros padres, qué hay detrás de esos rostros que nos han engendrado? Entre millones de personas sólo dos, entre centenares de millares de espermatozoides sólo uno. Antes de ser hijos de nuestra madre y de nuestro padre somos el resultado de millones de combinaciones y elecciones —hechas y no hechas— sobre las cuales nadie es capaz de arrojar luz. ¿Por qué razón ese espermatozoide y no el que está un poco más a la derecha? ¿Por qué sólo ése contiene las características que dan vida a la persona que se necesita? El recién nacido puede ser Leonardo o un fontanero o también un cruel asesino.

Y si verdaderamente todo está ya predispuesto como en el menú de un restaurante, si Leonardo debe convertirse en Leonardo y en nadie más, y lo mismo sucede con el asesino y el fontanero, ¿qué sentido tiene toda nuestra existencia? ¿Estamos realmente sólo hechos de piezas de una caja de montaje y, en cada caja, hay una cifra que determina el proyecto?

Puede que en el cielo alguien —como un ama de casa hacendosa— decida: para hoy cuatrocientos fontaneros, unos ochenta asesinos y cuarenta y dos científicos.

O bien el cielo está vacío, como dicen muchos, y las cosas avanzan por una especie de movimiento perpetuo: la materia empezó a aglutinarse en un tiempo remoto y ahora ya no es capaz de detenerse y genera formas cada vez más complejas. Y es precisamente esta complejidad la que ha dado inicio a la gran ficción, la que quiere hacernos creer en alguien que está ahí arriba.

¿Por qué dos personas, que hasta hace pocas horas no se conocían, por un acto que no dura más de pocos minutos se convierten en nuestros padres? ¿Es éste nuestro destino, ser la mitad de uno y la mitad del otro, incluso si el azar nos manda en adopción al otro lado del mundo?

De todas maneras nosotros somos parte de ellos. Ellos y sus padres y los padres de sus padres y aun más arriba, hasta cubrir las ramas de todo el árbol genealógico —la pasión por los insectos del abuelo, el amor por el canto de la bisabuela, la atracción por los negocios del tatarabuelo, el alcoholismo del otro abuelo, la voluntad de arruinarlo todo de los primos, el instinto suicida de un par de tíos, la obsesión por el espiritismo de una tía abuela—, todo está encerrado en nuestro interior como en una bomba de relojería: no somos nosotros los que ajustamos el temporizador, viene fijado desde el inicio sin que lo sepamos. La única sabiduría consiste en ser conscientes de que en nuestro interior —de un momento a otro— puede explotar algo incontrolado.

Así, un hombre y una mujer —de entre millones— en un momento determinado de sus vidas se encuentran y, tras un tiempo variable que va de unos cuantos minutos a una decena de años, se duplican en otra forma de vida.

Al inicio de ese acoplamiento, según los estudios más avanzados, se halla de nuevo el olfato, como en el caso de los pájaros migratorios.

De hecho, un ser humano comprende por el olfato que los gametos de la persona que tiene delante deberán unirse a los suyos. No hay un porqué ni un quizá sino sólo la ley de la vida que exige (según parece) que la calidad biológica predomine sobre cualquier otra.

Es pues el olfato lo que sugiere la cópula, porque este extraordinario sentido (sana herencia de nuestros antepasados) no falla la puntería y su tiempo es el imperativo: haz esto, haz aquello, sólo así tu descendencia brillará por mucho tiempo, como una estrella.

¿El olfato o la casualidad?

¿La especie mejor o la fragilidad de los seres humanos, con su inagotable e inexplicable necesidad de amor?

La única imagen que tengo de mi padre de joven —del que descubrí más tarde que era mi padre— es una fotografía de grupo. Está de pie al lado de mi madre, tienen un vaso en la mano como si estuvieran brindando —una reunión o una fiesta, no se sabe—, ella mira hacia arriba con la misma devoción de un perro que observa a su amo, el humo de su cigarrillo se mezcla con el humo que flota en la habitación. En el reverso, a lápiz, una fecha, *marzo 1970.*

La foto estaba mezclada con muchas otras de familia en una maleta grande de cartón cubierta por un par de alfombras. Encontré también muchas cartas, algunas atadas juntas con cintas de distinto color, otras metidas de cualquier manera en bolsas de plástico, junto a postales de Salsomaggiore, de Cortina, de las Pirámides, de Porretta Terme, billetes de tren, entradas de museos, participaciones de bodas y nacimientos, mensajes de pésame y en el fondo cuatro o cinco cuadernos y agendas que —a juzgar por las tapas— pertenecían a distintas épocas.

Además habías guardado, por motivos que sólo tú podías aclarar, dos cajas de alfileres (una de imperdibles y otra de los de costura, con la cabeza de colores), unas tijeras rotas, una vieja caja de caramelos que contenía botones de todas las formas y tamaños, una goma de borrar, un tubo de cola seco, una caja de cerillas sueca, un prospecto de la sociedad de los latinistas aficionados, un horario de trenes de posguerra, recortes de recetas de cocina y una Biblia a la que el tiempo, o los ratones, habían quitado las tapas.

A juzgar por el polvo, la maleta no se había abierto en años. Está claro que tú no te habías aventurado a subir desde hacía tiempo y a mí nunca se me había ocurrido hacerlo. El deseo de mirar hacia atrás y explorar el pasado surge sólo cuando las cosas, de repente, cambian por un imprevisto o por algo terrible: una enfermedad, un vacío; entonces se coge la escalera y el valor, ambos son necesarios para subir hasta el polvo y abrir la maleta: ahí dentro —comprimidas— hay palabras no dichas, acciones no realizadas, personas no conocidas y basta un impacto mínimo para que se desaten los fantasmas.

No fue el fantasma de mi padre el primero que me vino al encuentro (de todas formas no habría podido reconocerlo) sino el de mi madre. Lo vi de repente, estaba escondido entre un diario, un paquete de cartas y unas fotos sueltas.

Lo cogí todo, con mucha cautela, y bajé al salón; no quería quedarme arriba, en su territorio, me sentía demasiado vulnerable. Para hacer como si no estuviera sola, encendí la televisión y me senté en un sillón.

El diario era de cartón de Florencia, con pequeños lirios. En la primera página alguien había escrito con bolígrafo rojo y en mayúsculas REBELIÓN —subrayándolo tres veces— y rematado con un número impreciso de signos de exclamación.

14 de septiembre del 69
Exaltación de la Santa Cruz

¿Qué habrá de exaltante en una cruz? ¡Bah! ¡Lo único exaltante de este día es que es mi primer día de libertad! Lejos de los miasmas de Trieste, lejos de la reclusión de la familia.

No ha sido fácil imponer mi decisión. Las mismas facultades las hay también en Trieste, ¿por qué asumir los gastos de un traslado a otra ciudad?

Sin embargo, la momia ha cedido antes de lo que yo pensaba, la palabra mágica ha sido «autonomía»:

«¡Quiero poner a prueba mi autonomía!» Se le iluminó el rostro. Si es por eso, dijo, estoy de acuerdo. Podría haberle dicho que me habría ido de todas maneras. Soy mayor de edad y hago lo que me da la gana.

Vine aquí en julio y encontré enseguida una casa, contestando a las ofertas del tablón de anuncios. Es un auténtico agujero y lo comparto con Tiziana, que es de Comelico y estudia medicina.

De todas formas estoy poco en casa, me siento como un perro que al cabo de muchos años ha logrado saltar la valla, voy siempre olfateando el aire, con los ojos abiertos de asombro, con ganas de probarlo todo, de comprenderlo todo.

21 de septiembre

Compra hecha —¡debe ser suficiente para una semana!

27 de septiembre

La mitad de lo que he comprado ha desaparecido de la nevera. He interrogado a T., que lo niega todo. Evito discutir.

2 de octubre

Llamada de m. Cuando ha sonado el teléfono estaba todavía durmiendo. Dice que el viento del norte sopla muy fuerte y que ha partido el tronco de un árbol. «¿Y a mí qué más me da?» Le contesto y cuelgo. Sé perfectamente que es sólo una manera de controlarme.

13 de octubre

Primera clase. El aula está abarrotada, llego tarde y me toca quedarme de pie. El profesor es viejo y tiene fama de fascista. Mientras habla hay tensión en el ambiente, vuelan pelotas de papel de un lado a otro. Cuando al final expone el programa del curso un pequeño grupo se levan-

ta y empieza a silbarle, seguido por la mayoría de los presentes. Él sale enfurecido dando zancadas, acompañado por un coro de risas.

15 de octubre

T. no hace nunca la compra, espera que la haga yo para vivir como un parásito. Es una tacaña y un día de éstos se lo voy a decir.

30 de octubre

Llamada de m., siempre de madrugada, debe de estar convencida de que la vida de los estudiantes se parece a la de los campesinos. «Se acerca el puente de San Justo», ha dicho, «¿por qué no vienes?» He sido generosa, he contestado: «porque tengo que estudiar», me he dado la vuelta al otro lado y seguido durmiendo.

4 de noviembre

Hoy, al despertarme, he pensado en los tiempos que estamos viviendo. Increíble. Todo cambia a una velocidad de vértigo, ya no hay espacio para la hipocresía, para el conformismo, para la injusticia, es como si todos nosotros, de repente, hubiésemos abierto los ojos y comprendido que no se puede seguir así. ¡Basta con los simulacros! ¡Basta con la esclavitud! ¡El amo ya no puede explotar al obrero! ¡El hombre ya no puede explotar a la mujer! La religión no puede seguir oprimiendo a los hombres.

Libertad es la «palabra» para los tiempos venideros. Libertad para los trabajadores, libertad para las mujeres, libertad para los niños que no deberán seguir enjaulados en la estrecha rigidez de la educación. ¡No hay que cortarles las alas, sólo de la espontaneidad y de la libertad puede nacer un mundo diferente y seremos nosotros —precisamente nosotros— los protagonistas de este cambio revolucionario!

18 de noviembre

Han empezado las clases de filosofía del lenguaje. Las da un asistente que tiene unas cuantas canas pero eso lo hace todavía más fascinante. Es el único profesor con barba. Todos lo escuchan con atención. Saliendo del aula le he dicho a C., mi nueva compañera de estudios: no está nada mal el profesor Ancona. Ha sonreído con malicia: «¿Crees que eres la única que se ha dado cuenta?»

2 de diciembre

C. ha logrado arrastrarme a un grupo de conciencia personal. Al principio me sentía un poco intimidada, todas hablaban de su cuerpo.

Según ellas era sólo gracias a la desintegración del atávico sentimiento de culpa como finalmente habían aprendido a conocerlo y a reconocer, también, la inaudita violencia perpetrada contra su imaginario con la obligación infantil de tener que jugar sólo con muñecas y cacerolitas.

«¡El preludio de la esclavitud!», gritó una de ellas y todas aplaudieron.

Se acercaba mi turno y no sabía qué decir, pero me vino un flash a la mente, un episodio con mi padre: tendría yo seis o siete años y, después de comer caminando con mucho cuidado, le llevé el café al salón. «¡Qué buena mujercita de su casa!», comentó sonriéndome.

Ahora lo veía claro, había vivido hasta ahora con ese estigma dentro, con ese peso, con el destino trazado. ¿Y si hubiera querido ser neurocirujana o ir al espacio? Mis palabras suscitaron atención y consenso. ¡Al diablo las buenas mujercitas y todos los cortadores de alas! Saliendo de la reunión tuve la impresión de sentirme más ligera.

27 de diciembre

Para no transformar la guerrilla en guerra me tocó pasar la Navidad en casa. Estaba la acostumbrada corte de amigas viudas, de mujeres deprimidas, de parientes lejanos que no saben con quién pasar la Nochebuena, así al menos estamos todos juntos y además nos sentimos todos tan buenos.

M. como de costumbre se hacía la víctima, decía que había tenido que cocinar dos días enteros y esperaba recibir, en cambio, aplausos y gritos de júbilo y así fue, como lo exigía el guión: hay que representar la comedia hasta el final, sin cambiar nunca la trama. «Ha sido una velada estupenda, gracias, querida», beso beso, «por favor, no ha sido nada», y se seguía así, como en un minueto empalagoso.

Empalagoso lo era también el árbol con todos sus hilos plateados y todavía más empalagoso el belén, máxima representación del lavado de cerebro universal, la sagrada familia que desde hace dos mil años castra las familias normales, que no tienen nada de sagrado pero hacen como si lo tuvieran, beben cálices de veneno puro y siguen adelante, sonriendo.

Por la noche, en mi cama, pensé que, en el fondo, la Virgen es el emblema de la mujer de tiempos pasados, la más explotada, porque tuvo un hijo sin tan sólo disfrutar de la relación, le bastó mirar al Espíritu Santo a los ojos para fastidiarse y hace casi dos mil años que arrastra esa expresión embelesada.

Así, por la mañana, antes de marcharme, le di una alegría y en el belén, en su lugar, cerca de San José dejé una nota en la que había escrito «apáñatelas». Después cogí la estatuilla y me la llevé a tomar un poco el aire.

Antes de subir al autobús, la puse encima de la valla detrás de la parada. Esperemos que alguien la coja y la lleve a dar una vuelta para que se pueda resarcir del tiempo perdido.

31 de diciembre

Como T. se ha quedado en su valle nevado, he organizado una gran fiesta para esta noche. Mientras hacía la compra me he encontrado con el profesor A. y al verlo mi corazón ha dado un vuelco. Quería saludarlo pero me venció la timidez, probablemente me habría mirado estupefacto, ¡tampoco puede acordarse de todos sus estudiantes!

Mientras me alejaba con el carrito he tenido la sensación de que me miraba, tiene los ojos oscuros como el carbón y cuando habla parece que centellean. Tal vez por eso he sentido un gran calor entre los omóplatos.

Adiós, año viejo, te saludaremos envueltos por la gran humareda de la pipa de la paz.

Con ese final de año cerré el diario.

En algún lugar, fuera, sonaba la alarma de un coche, la televisión transmitía un *talk show*, todos hablaban y hablaban con los rostros vacíos. En la cama las sábanas estaban extremadamente frías, por mucho que me acurrucara no lograba entrar en calor, entre los batientes, la luna de abril cortaba en dos el suelo y la mesa, hasta posarse sobre la fotografía de Ilaria.

Entre todas las cosas que había imaginado, soñado y supuesto sobre mi madre, en ningún momento me vino a la mente la más sencilla: el hecho de que sólo era una chica.

A la mañana siguiente a las nueve estaba ya en el salón. Antes de retomar el diario dispuse las fotografías como si fueran las cartas de un solitario: ella sola, ella con sus amigas, las fotos que ella hizo, las fotos con representantes del otro sexo, aunque éstas, sin embargo, eran escasas y eran casi todas fotos de grupo.

Entre ellas había una sacada en un fotomatón, debía de ser invierno porque llevaba una bufanda y un gorro de lana, al lado suyo una presencia masculina, una mano le cubría el rostro y entre los dedos abiertos se entreveían apenas los ojos y los pelos de la barba. ¿Era carnaval? ¿Estaban jugando? ¿Qué significaba aquella mano abierta? ¿Una negación? ¿Una barrera? Quizá estaba casado y no quería comprometerse o simplemente no quería que se supiera que mantenía relaciones con sus estudiantes.

Comparé esa fotografía con otra, la del brindis de

grupo: además del hombre con la barba, al lado de mi madre había otro más esmirriado con la cara llena de granos, un poco más a la derecha, agachado como un futbolista, delante de un par de amigas —¿Carla? ¿Tiziana?—, un tipo descolorido, con ojos saltones azules y una bufanda roja demasiado ajustada al cuello.

¿Podía ser hija de éste?, ¿o del de los granos? En realidad el único con barba era el hombre a sus espaldas: comparé sus manos con las mías, sus ojos con los míos y seguí leyendo.

Avanzaba por las páginas con mucha cautela, como un conductor que antes de meterse por una carretera ve la señal de peligro —peligro avalancha, peligro caída de piedras, peligro precipicio— pero no se detiene, sigue con el pie en el freno, la mano dispuesta a cambiar de marcha y el corazón en un puño porque ése es el único camino en el mundo que desea recorrer hasta el final.

6 de enero

La befana, vieja bruja, me ha traído un regalo. Me arrastraron, a pesar de que no me apetecía, a una fiesta de gente desconocida y allí me encontré con el profesor A.*

Hice como si nada cuando lo vi, o al menos lo intenté porque mis mejillas se pusieron de golpe incandescentes. Entonces me volví hacia la pared y me puse a charlar con una chica que apenas había conocido en una reunión feminista, mientras pensaba en cómo acercarme a él.

* Befana: maga, vieja y fea, que, en Italia, equivale a los Reyes Magos como portadora de regalos a los niños en la noche que precede al día de Reyes. *(Todas las notas pertenecen a la traductora.)*

No fue necesario porque fue él quien se me acercó. «Me da la impresión de que nos hemos visto ya», dijo mirándome fijo a los ojos, mientras bebía lentamente un sorbo de vino blanco.

Creo que mi voz salió de golpe demasiado chillona: «¡Sí, en el supermercado!» (¡Qué estúpida!) Después, por suerte, añadí: «Soy alumna suya.»

Entonces me tomó del brazo.

«¿Te interesa la filosofía?»

«Muchísimo.»

Al terminar la fiesta salimos a pasear bajo los pórticos y caminando llegamos hasta los canales. La niebla se levantaba y, en el silencio de la ciudad dormida, se oía sólo el murmullo del agua y nuestra respiración. Mientras cruzábamos la plaza de la basílica del santo —su brazo prácticamente ceñía mi talle—, por oriente, el sol empezó a aparecer iluminando las fachadas y los tejados.

«¿Lo ves?», dijo entonces, «la filosofía y el sol se parecen, ambos deben ahuyentar la noche —la noche física y la noche de la mente—, la que hace que el hombre viva sumergido en un océano de superstición».

Nos separamos en mi portal.

«¿Nos volveremos a ver?», pregunté.

Él me saludó misterioso con la mano abierta.

11 de enero

Desgraciadamente me vuelvo a morder las uñas. He buscado su nombre en la guía pero no hay ningún Massimo Ancona. No puedo llamarlo y no sé dónde vive. No me queda otra cosa más que esperar…

15 de enero

Para sentarme en primera fila he llegado al aula una hora antes, pero no me ha mirado en ningún momento, aunque yo estaba justo enfrente de él. Quizá no quería distraerse, no quería delatarse ante los demás.

Lo he esperado a la salida, pero una pelirroja ha sido más rápida que yo, se alejaron juntos por el pasillo hablando como si se conocieran desde hace tiempo. Una futura licenciada suya probablemente…

25 de enero

He faltado a otras dos clases, creo que estoy enloqueciendo. Con frecuencia paseo cerca de aquel supermercado con la esperanza de encontrarme con él. Nada.

28 de enero

Fiestas de carnaval, una tras otra, pero no me divierto en absoluto. Las chicas del grupo se han vestido de brujas, en cambio yo hubiera querido vestirme de esqueleto porque es así como me siento sin él, sin su mirada, muerta. Voy a las fiestas sólo con la esperanza de encontrarme con él. Él no está y acabo fumando. Por lo menos así el tiempo pasa más rápidamente…

30 de enero

Quisiera interrumpir la clase gritándole a la cara: ¡¿Por qué no me miras más?! Esta noche he soñado que lo hacía, por la mañana tenía la mandíbula rígida como el acero. Me he desahogado con C. Ella dice que se trata sólo de miedo, intuye que entre nosotros el sentimiento es demasiado grande, demasiado importante y que por eso tiene miedo de seguir. Creo que tiene razón.

¿Por qué huir si aún no ha pasado nada entre nosotros? C. me ha aconsejado dar el primer paso. Los tiempos han cambiado, ya no es el momento de ir de niña bonita por la vida y lamentarse.

2 de febrero

He logrado por fin poner una nota en su casillero en la sala de profesores. Tras un largo rato de reflexión, he escrito: «la luz del intelecto ahuyenta las tinieblas de la superstición, estoy libre todas las noches para esperar juntos el amanecer». Después, por seguridad, he escrito debajo mi nombre y dirección.

6 de febrero

Me confundía entre la gente del aula y creo que él me empezó a buscar con la mirada. He sonreído y me parece que él también lo ha hecho.

12 de febrero

Ilusión, ilusión, ilusión... Puede que incluso regrese a Trieste, que lo cierre todo y vuelva a empezar en otro lugar o bien ahogarme en una nube de humo...

15 de febrero

C. ha traído unas pastillas, dice que podríamos hacer un viaje fantástico, un viaje por tierra de hadas, por mundos que nadie más puede ver. Le he contestado que en este momento sólo deseaba hacer un viaje, y era entre los brazos de Massimo...

2 de marzo

¡Ha sucedido! ¡Ha sucedido! ¡Ha sucedido! ¿Será el efecto mágico de la primavera? ¡¿Quién sabe?! ¡Y a quién le importa! Lo importante es que haya ocurrido.

¡Y yo que me creaba tantos problemas! Cuando ha llamado a la puerta yo ya estaba en la cama, le he abierto en pijama (un pijama con ositos, ¡vaya femme fatale*!). He tartamudeado: «lo siento, no estoy...», sus manos cálidas me han acariciado las mejillas: «También así estás guapísima.»*

15 de abril

Quizá he nacido sólo para vivir estos días. Con él a mi lado, todo cambia, me siento como un gigante, en mi mente ya no hay miedos ni conformismos, mi cuerpo ya no tiene límites. Massimo no teme las barreras, al contrario, las busca adrede para poderlas destruir.

En Pascua, dos días en casa, es como aterrizar en otro planeta.

M. dice: «¡Por fin tienes buena cara!»

¡La apariencia! Lo único que les interesa a mis padres. La apariencia, como la máscara de cera de los muertos.

Si ella fuera otra persona, podría contarle lo que estoy viviendo, pero ¿qué se le puede contar a un lenguado que ha vivido siempre en el congelador? De vez en cuando los miro, observo a mis padres encerrados en el vacío absoluto que los envuelve: no tienen nada que decirse, no sienten nada el uno por el otro, me pregunto incluso cómo han hecho para concebirme y si en realidad soy su hija. ¿Me parezco a ellos? ¿No me parezco?

Puede que él sea impotente, quizá me han adoptado y no han tenido el valor de decírmelo, pero al final, ¿qué importancia tiene? Lo importante es que mi vida sea libre, sin constricciones, sin hipocresía.

Al despedirme, por primera vez me han dado casi pena, pobres momias apergaminadas con las vendas que se les van cayendo.

1 de mayo

No voy a la manifestación porque estoy mareada. C. dice que debería hacerme los análisis. En cualquier caso, según ella, no tengo que preocuparme, porque deshacerme de él sería muy fácil. Se ocuparían de ello las chicas de la asociación y sin gastar una lira. Dice que, sin embargo, no debo esperar mucho porque si no me tocará ir a Londres y todo se complica. Me siento extraña, aturdida, sin palabras. Jamás había pensado en una tal eventualidad.

3 de mayo

Positivo.

Me levanto de golpe, las fotografías y los folios caen al suelo. Me pongo el chaquetón y salgo, recorro a zancadas toda la cresta del Carso.

Más abajo el mar brilla como un espejo, a mis espaldas el Nanos está todavía cubierto de nieve.

Positivo.

No podía ser yo, los años no coincidían. ¿Qué fue de ese hermano mío?

Al día siguiente la temperatura es suave y desde el amanecer los pájaros cantan en coro produciendo una gran algarabía.

Frente a la tibieza del exterior, la casa se asemeja a un antro oscuro, gélido, el diario sigue en la mesa, las cartas y las fotos en el suelo, en la penumbra de la habitación parecen desprender una luz amarillenta.

Cojo una tumbona del garaje y la pongo en la hierba cerca del gran ciruelo, ahora completamente cubierto de flores de las que se desprende un delicado perfume que atrae enjambres de abejas y abejorros; su frenético zumbido me hace compañía.

Es esto lo que necesito para poder seguir avanzando, sentir la vida, la luz, sentir que formamos parte de un mundo más grande.

12 de mayo

No he tenido el valor de ir a clase, no he tenido el valor de mirarlo a los ojos. Mis sentimientos cambian cada minuto, primero siento que tengo dentro de mí un dulcísimo secreto —me gustaría dar un largo paseo romántico con él y al final, a lo mejor delante de un vaso de vino, su-

surrarle, ¿sabes? Vamos a tener un niño, y observar su reacción de estupor y de alegría—. Inmediatamente después, en cambio, se convierte en un peso tremendo, en algo que me aplasta, que no me deja respirar.

Me dan miedo las obligaciones, el trabajo, la responsabilidad: deseaba una vida sin límites ni barreras, sin embargo, enseguida me he encerrado en la jaula claustrofóbica de la maternidad. Y además, ¿qué digo en casa? ¿Que espero un hijo de un hombre que me lleva veinte años? Puedo inventar una trola, un viaje romántico, una aventura en Turquía ya que Massimo fuma como un turco... O bien puedo presentarme un día en casa con él y decir: papá, mamá, éste es el hombre que amo y del que espero un hijo, y dentro de mí pensar: nosotros jamás caeremos en vuestra mediocridad.

Puede que él también esté deseando presentarme a sus padres. Pero es inútil seguir soñando. Ante todo él debe conocer la noticia, el resto lo decidiremos juntos. Entre otras cosas porque cada vez que me encuentro con Carla me pregunta: ¿y?, como queriendo decir que debo darme prisa.

20 de mayo

Hace dos semanas que no da clases. Me he informado y parece que está enfermo. He echado cuentas y creo que estoy de dos meses. Siento cada vez menos dulzura, es el miedo lo que predomina, y la rabia. ¿Es verdad que está enfermo? ¿O ha intuido algo y quiere darse un tiempo? Hace un mes que no aparece. A lo mejor es verdad que está muy mal y sólo soy yo la mala que se imagina otras cosas.

24 de mayo

Carla ha convocado una reunión extraordinaria de la asociación porque, «si no tomamos las decisiones juntas, ¿qué clase de confraternidad sería?». Al principio me sentía un poco incómoda, más que una reunión parecía un juicio, pero después el ambiente se relajó y salieron un montón de cosas bonitas. Durante un rato hubo dos bandos, el del pro y el del contra, pero a medida que transcurría la discusión las posiciones fueron cediendo.

El detonante ha sido P.

«Ante todo, para tomar una decisión habría que saber si es un niño o una niña… no querríamos que viniera al mundo otro enemigo.» Unas aplaudieron y otras no.

B. replicó inmediatamente: «Precisamente por ser niño habría que conservarlo; si no empezamos nosotras a traer al mundo al hombre nuevo, ¿quién se supone tendría que hacerlo?»

Más aplausos y un coro:

«¡Sí, lo haremos jugar con pucheritos! ¡Lo haremos cuidar las muñecas! ¡Le enseñaremos que la agresividad no es necesaria, lo vestiremos de amarillo o de verde y nada de celeste en casa! ¡Ni príncipes ni niños!»

«Y además», concluyó C., «debemos recordar siempre a la naturaleza, nuestra maestra. ¿Acaso las leonas preguntan a los leones: cariño, quieres este cachorro o no? ¡No! Lo paren y basta y lo crían entre todas, como en una verdadera hermandad. Hembras y cachorros: ésta es la ley que gobierna el mundo, todo lo demás son cuentos. Los machos sirven sólo para un momento, después ya no son necesarios». Un alboroto de aprobación estalló en la sala.

A duras penas levantando la mano conseguí que se

me oyera y dije la verdad: «¡Compañeras! Yo… no sé qué hacer… no sé si lo quiero tener.»

Se hizo un gran silencio.

«Tanto en un caso como en el otro eres tú la que debe decidir, nuestra obligación como hermanas es la de apoyarte. Si lo quieres, haremos como las leonas, lo criaremos juntas, si en cambio quieres deshacerte de él, nos ocuparemos también nosotras de ello, L. y G. han hecho un curso y se han convertido en expertas…»

Con esta frase se disolvió la reunión oficial y finalmente salieron los porros de los bolsos.

5 de junio

He ido al decanato y he pedido información.

«El profesor Ancona no retomará las clases hasta el año que viene», me han dicho.

He tenido la presencia de ánimo de decir que era una estudiante suya y que tenía necesidad urgente de hablar con él. Creo que me he sonrojado porque la secretaria me ha mirado con recelo.

«¿No lo puede consultar con el suplente?»

«No…»

«Entonces escríbale y deposite la carta en secretaría.»

Las páginas siguientes del diario estaban todas llenas de frases tachadas, probablemente repetidos intentos para encontrar las palabras justas. De vez en cuando entre los garabatos del rotulador y los borrones azules aparecían algunos fragmentos, como peces escapados de la red. La palabra *Amor* asomaba por un lado, *responsabilidad. ¿Qué hacer? Conservar niñ.* y debajo, en mayúsculas y subrayado varias veces: *DESESPERADA, DESESPERADA, DESESPERADA.*

Probablemente había hecho varios borradores antes de escribir la carta: en el fondo él era profesor de filosofía del lenguaje. Leyendo esos fragmentos, tuve la impresión de que le daba terror equivocarse con las palabras, cada frase estaba escrita con gran inseguridad, parecía una persona que sufre de vértigo obligada a caminar por el borde de un barranco. El precipicio era elegir o no una vida.

Mientras ella participaba en las reuniones, o iba ansiosa a la universidad, mientras fumaba o probablemente lloraba en su cama, en su cuerpo, aquel hermano mío (o hermana) seguía formándose; con gran sabiduría y ritmo imperturbable, las células se multiplicaban y se disponían a crear lo que, un día, sería su cara; el niño se desarrollaba y ella dudaba si dejarlo crecer o no, su poder sobre él era absoluto. Leyendo esas líneas no lograba percibir ningún sentimiento de hostilidad o desprecio, lo que me nacía era el instinto de protección, como si toda esa desesperación, esa soledad y esa ingenuidad burlada hubieran acabado directamente en mis venas, transformándose en un sentimiento de pena infinita.

El sol de mediodía era insoportablemente abrasador y ensordecedor el zumbido de los insectos entre las flores; cuando estaba a punto de cerrar el diario, un abejorro, con las patas posteriores cargadas de polen, cayó entre las páginas y con delicadeza le ayudé a reemprender el vuelo.

En el punto del impacto quedó un cerco dorado, debajo había escrito:

Decidido.

Dentro de tres días en casa de B.

Tiziana, por sus conocimientos de medicina, ha dicho: «estás loca, te matarán».

Le he contestado que «quizá sería mejor así».

Seguían dos páginas arrancadas y después, con letra nerviosa, había escrito:

La noche siguiente, entre aliviada y aturdida, he tenido un sueño. No sé dónde me encontraba exactamente, sólo recuerdo que en un momento determinado estaba comiendo un trozo de pan crudo que empezaba a fermentar en mi estómago. Las personas con las que me encontraba me preguntaban: ¿una dulce espera? «No», respondía, «es sólo la levadura que sigue haciendo su trabajo», pero en el mismo momento en que lo decía ya no estaba tan segura de tener razón.

Al despertarme me sentía extraña y decidí llamar a B. «¿Estás segura de que todo ha ido bien?» Me ha tranquilizado: una intervención perfecta. «Y además», ha añadido, «¿no te acuerdas de que te lo enseñé en la palangana?».

Me pareció algo ofendida por haber dudado de ella, de su experiencia, entonces para desdramatizar he bromeado: «¿Y si hubieras hecho como los curanderos filipinos? Un higadillo de pollo et voilà, *el problema está resuelto.» Nos reímos y la tensión desapareció.*

Durante un par de días sentí la necesidad de alejarme de las memorias de mi madre. No podía seguir en compañía de la pesadumbre de aquellos años.

Para quitarme de encima la escoria y las sombras, para purificarme caminé largos ratos por el altiplano.

Escondidos entre los matorrales, los mirlos y las currucas cruzaban sus cantos de amor, el verde tierno de las hojas recién despuntadas daba esplendor al paisaje, mientras, en los prados diseminados de jaramagos, mayas y crocos, zumbaban, atareados, una infinidad de insectos polinizadores.

A veces me tumbaba en la profundidad húmeda de las cañadas: desde allí admiraba las copas de los arbustos y de los árboles mientras a contraluz las arañas subían y bajaban a lo largo de invisibles hilos de seda y los xilófagos, como gemas violeta, surcaban el aire con su vuelo pesado.

Otras, en cambio, sentía la necesidad de subir, de alcanzar un punto desde el que mi mirada pudiera perderse más allá del horizonte.

Caminando entre las cañadas y las cimas de las crestas pensaba en aquel hermano —o hermana— a quien no había sido dada la posibilidad de nacer. ¿Habría salvado a mi madre su existencia o habría acelerado la tendencia destructiva? ¿Existiría yo si él hubiera nacido?, me preguntaba. ¿Significaba su final, de alguna manera, la posibilidad de mi comienzo?

Más allá de nuestra voluntad, de nuestra fragilidad, de nuestros planes, en cualquier caso limitados, ¿existe Alguien, algo que gobierna el gran ciclo de los nacimientos? ¿Por qué nací yo y no él? El aborto hubiera podido no funcionar, así como, por otro lado, mi madre hubiera podido perderme, a lo mejor tropezando en las escaleras mientras estaba embarazada de mí.

Subía y bajaba por los senderos pedregosos: a mi paso las culebras, que abandonaban al sol el último sopor del letargo, serpenteaban entre los matorrales y las lagartijas salían disparadas. Una serpiente que nace, pensaba, un ratón de campo, o una corneja se pueden diferenciar de sus semejantes únicamente por la habilidad de permanecer el mayor tiempo posible en este mundo. Un animal (por extraordinariamente complejo que sea) puede sólo ejecutar, con mayor o menor eficacia, el proyecto inscrito en el patrimonio genético de su especie, pero, ¿y el hombre? ¿Acaso no puede el hombre, en un momento dado, modificar su camino? ¿Y no es quizá ese abismo de potencialidades lo que nos produce desaliento, lo que nos sugiere la impotencia de nuestra visión? ¿Quién habría llegado a ser mi hermano? Y yo, ¿por qué razón había venido al mundo? ¿Para convertirme en quién?

En esos largos paseos volví a encontrar la fuerza para seguir con mi búsqueda. Una mañana me desperté con el repiqueteo de la lluvia contra las ventanas. Durante la noche se había levantado el oscuro viento del norte, la temperatura bajó y el viento soplaba más bien fuerte cubriendo el jardín de una luz otoñal. Lo único que recordaba que estábamos en primavera era la gran cantidad de pétalos blancos esparcidos debajo del ciruelo y del cerezo.

Después de desayunar subí lentamente a la buhardilla. Una vieja cortina de flores cubría un montón de cajas pequeñas y grandes, unas debieron de contener licores y chocolatinas, otras eran sólo anónimos contenedores de cartón cerrados con cinta adhesiva. Abrí uno con un cortaplumas: en su interior había adornos de Navidad, desenrollé unos metros de cinta plateada antes de encontrar el pesebre; el portal no era antiguo ni especialmente bonito: dos paredes de corcho y una escalera que llevaba a una especie de pajar debajo del techo. Dentro, patas arriba, yacían el buey y la mula y, atravesados, san José y la Virgen; otra bolsita contenía el comedero, las ovejas y los corderos. Encontré mi figurita preferida: una vieja oveja de yeso con una pata rota y un lazo rojo alrededor del cuello. Era ésa la que yo escondía todas las nochebuenas por la casa, era esa oveja perdida que, balando por las habitaciones, te obligaba a buscar.

No había rastro del Niño Jesús, estaría en el fondo de la caja o se quedaría en algún bolsillo en el período del Adviento. En el contenedor de al lado brillaban las escasas bolas de cristal que sobrevivieron a numerosas navidades y una contera horadada.

Las cajas que estaban debajo contenían las distintas colecciones de coleópteros del abuelo: pequeñas vitrinas de cristal con el fondo de terciopelo sobre el que largos y finos alfileres fijaban los insectos, cada uno acompañado por su nombre en latín escrito con letra clara y sin titubeos.

Mientras trataba de desplazarlas con cuidado, me topé con un sobre de plástico que se cayó al suelo, estaba cerrado con cinta aislante y llevaba el membrete Policía del Estado: dentro parecía que había un bolso bandolera de tela. Durante unos instantes mi corazón se aceleró. ¿Qué otra cosa podía ser sino el bolso que mi madre llevaba en el momento del accidente?

Rompí el envoltorio con las uñas. No tenía cremallera, sólo un botón desabrochado. En el bolso encontré una cartera con unos billetes de mil liras, la tarjeta de un cineclub alternativo, unas monedas, un abono de tren del trayecto Trieste-Padua y, protegida por una funda transparente, una polaroid descolorida de cuando yo era pequeña en brazos de un hombre en la orilla del mar. El desconocido, con el pelo largo y revuelto y un collar de conchas en el cuello, le sonreía al objetivo y yo, con un cubito en la mano, parecía claramente fastidiada, debía de haber llorado hacía poco o estaba a punto de hacerlo. Por lo que entreveía del paisaje de fondo debíamos estar en la bahía de Sistiana.

Además de la cartera, había un bolígrafo con la tinta seca, un librillo de papel de fumar, un artilugio para confeccionar cigarrillos, las llaves de la casa, un pañuelo sintético, un lápiz de labios, caramelos para fumadores y, escondidas en un bolsillo interior, dos cartas. La primera, dirigida a mi madre, había sido enviada desde Padua pocos meses antes de que yo naciera.

La caligrafía era menuda, regular, de trazos algo angulosos.

Querida Ilaria:

He recibido tu carta y te contesto de inmediato porque, además de no querer hacerte perder tiempo esperando inútilmente, tampoco quiero que te hagas ilusiones que pueden ser nefastas.

Si al menos fuera un poco más hipócrita, si los tiempos no fueran los que son —tiempos de clarificación de la verdad— podría mentir y decirte que estoy casado, que no tengo la más mínima intención de poner mi matrimonio en entredicho por una aventura de un mes.

Pero prefiero ser sincero y decirte claramente que yo no quiero tener hijos. Ni hijos, ni esposas, ni novias, ni nada que, de alguna manera, pueda limitar mi libertad. No quiero porque mi vida es la de un explorador y un explorador no viaja con lastre.

Sin embargo, de tus palabras, a veces —y perdona— demasiado tontarronas, intuyo que para ti no es así y que aún te haces grandes ilusiones. Por otro lado, aunque ha-

yan transcurrido algunos años desde nuestro primer encuentro, eres todavía muy joven y el destilado de respetabilidad burguesa (y de sentimentalismo) que ha penetrado en ti con la educación sigue intacto. A pesar de tu comportamiento libre, en el fondo sólo aspiras a la eterna canción de contigo pan y cebolla, puede que en la versión revolucionaria «tú y yo y nuestra descendencia en marcha hacia el sol del futuro».

«Construiremos un mundo distinto —escribes—, a nosotros nos corresponde dar el ejemplo de una manera nueva de vivir las relaciones sin opresión, sin abusos, sin violencia. Criar a los niños con creatividad, vivir la pareja con libertad.»

Según tú, en definitiva, deberíamos jugar a ser jóvenes pioneros y estás convencida de que así lograrías —lograríamos— liberarnos de la cerrazón del destino burgués, de esa lenta agonía que, hasta hoy, ha sido para todos el matrimonio.

Te lo concedo sólo por la gracia que te otorga tu ingenuidad. Por otro lado, cómo negarlo, es precisamente eso lo que más me ha gustado de ti desde el primer instante. Por eso —y debido a nuestra breve relación— me siento en la obligación de ofrecerte unos puntos de reflexión.

En tu escrito aparece muchas veces la palabra «amor». ¿Te has preguntado alguna vez, de verdad, sobre lo que se oculta detrás de un sustantivo tan usado y del que tanto se ha abusado? ¿Has sospechado alguna vez que puede ser una especie de escenografía, un fondo de papel para ambientar mejor la representación? La característica de los decorados es la de cambiar en cada escena.

La esencia del drama no está en esos cartones pintados —la ilusión pictórica nos ayuda a soñar, a soportar mejor el trago amargo— pero si somos honestos con nosotros mismos, no podemos negar que estamos frente a un simple artificio, frente a una ficción.

El amor —que tanto ha alimentado tu fantasía— no es otra cosa que una forma sutil de veneno. Hace efecto despacio pero es inexorable y es capaz, con sus invisibles emanaciones, de destruir cualquier vida.

¿Por qué?, te preguntarás con tu mirada perpleja.

Porque para amar cualquier cosa es necesario conocerla antes. ¿Puede la complejidad de un ser humano llegar a conocer la complejidad de otro ser humano? La respuesta es evidente: de ninguna manera. Por lo tanto no se puede amar de verdad porque no se puede conocer de verdad.

Has podido conocer una minúscula parte de mí, así como yo he podido entrar en contacto con una minúscula parte de ti. Nos hemos ofrecido recíprocamente nuestra parte mejor, aquella a la que sabíamos que el otro no habría podido resistirse.

Lo mismo les sucede a las flores. Para atraer al insecto, la corola exhibe colores extraordinarios, pero una vez concluido el acto, los pétalos caen y, del pasado esplendor, queda muy poco.

Es una ley de la naturaleza, no hay nada de qué escandalizarse. Todos los apareamientos suceden a través de distintas formas de seducción —cada especie tiene la suya—, desde la flor hasta el hombre. Pero así como la abeja no puede decirle a la flor te amo, tampoco nosotros podemos mentir sin pudor diciendo que nos amamos. Con la honestidad que caracteriza estos tiempos lo único que podemos decirnos (como la abeja a la flor y viceversa) es «te necesito».

Hace años, en un momento difícil de mi vida, te he

necesitado para pasar un par de meses llenos de frescor. En ese momento yo también te he sido necesario —al menos lo espero— para hacerte abrir los ojos sobre algunos temas complejos además del innegable placer del que han disfrutado nuestros cuerpos, naturalmente. Y el placer —más allá del goce en sí— es también un medio extraordinario de subversión. Volver a encontrarte después de unos años ha confirmado la gran atracción de nuestros cuerpos.

Lo que he dicho hasta ahora es válido también, por consiguiente, para la llegada de un hijo. Las flores que se hacen fecundar por el polen no gozan, lo hacen para garantizar la supervivencia, para que puedan existir en el futuro otras flores iguales a ellas.

El mismo mecanismo es innato también en los seres humanos. A pesar de la complejidad de nuestras mentes, nuestros cuerpos quieren sólo reproducirse. A ellos, como a las flores, no les importa que nos amemos o no, o que el orgasmo nos arrolle; se puede también nacer de una violación, de una eyaculación precoz. De doscientos cincuenta millones de espermatozoides el que gana la carrera es siempre uno solo, el mejor, el más fuerte, el más afortunado, el más deshonesto, no importa. Lo importante es que la vida se repita, que perdure. Es lo que te ha ocurrido también a ti. Es una ley de la naturaleza.

A decir verdad, debería tirarte un poco de las orejas. ¿Por qué no has usado algún tipo de protección? ¿Pensabas aún, con tu romanticismo soñador, en las cigüeñas y en las coles? ¿O acaso no tan inconscientemente, sino con voluntad lúcida, era precisamente lo que deseabas, un lazo, una cadena, para atarme definitivamente a ti?

Probablemente, dada la profundidad y el arcaísmo de tu condicionamiento, no te das ni cuenta pero en realidad lo que deseas, como muchas de tus amigas, es sólo la cer-

teza de un futuro en pareja. Algunos hombres, ante vuestro chantaje biológico y primordial, bajan la guardia y ceden. Lo hacen por debilidad, por banalidad, por el innato, y nunca vencido, temor a la muerte. ¿Quién, sino un hijo, puede garantizarles la eternidad?

Muchos ceden, pero yo no. La idea de que el niño que crece dentro de ti no sólo será un desconocido sino también un tirano capaz de consumir la energía de nuestros días, un parásito que puede devorar —sin el menor remordimiento— a los que lo han traído al mundo, me impide incluso la más mínima duda. No podré conocerlo jamás y por ello nunca lo podré amar. Tampoco tú lo podrás hacer, a pesar de haberlo llevado en tus entrañas. Una mañana te despertarás y te darás cuenta de que has metido en tu casa a un extraño y que ese extraño tiene el rostro de un enemigo.

Dicho esto, no quiero condicionarte de ninguna manera. Como decís en vuestras manifestaciones, «el útero es mío y lo administro yo». Haz lo que quieras. Si lo quieres conservar, hazlo; si quieres abortar, no tengo nada que objetar. Ambas decisiones me dejan completamente indiferente.

Que sepas que si un día te presentas ante mí con un niño en brazos no me conmoverás de ninguna manera, ni abdicaré de mis convicciones.

Te agradezco los maravillosos ratos pasados juntos, la filosofía, la poesía, el sexo y la ingenuidad con la que siempre me has mirado.

M.

Así, mi padre y el de mi hermano perdido eran la misma persona. La misma infame persona.

Tenía ya pocas dudas sobre el contenido del otro sobre, el que estaba en blanco. Levanté un poco un borde y distinguí la escritura que había aprendido a conocer.

Cada una de tus palabras me ha confirmado lo que he sabido siempre. Los hijos son sólo de las madres, los padres fecundan y su historia acaba ahí.

Dentro de poco ni tan sólo serán necesarios, bastará un donante y una jeringuilla, y así finalmente se cerrará la penosa historia de la familia, el baile de las ficciones que ha devastado el equilibrio psíquico de tantas generaciones.

En mi casa de Trieste somos muchos, no me faltará ayuda, ni compañía. El niño crecerá sin anteojeras, sin hipocresías, nunca se verá obligado a colgar en su habitación un panfleto con las palabras: «La familia es tan armoniosa y estimulante como una cámara de gas.»

Será un niño libre e irá al encuentro de un mundo igual de libre, sin deformaciones, sin las represiones impuestas por el patriarcado, el capitalismo y la Iglesia.

No tendrá temores ni angustia porque podrá crecer siguiendo la bondad natural que yace en el corazón de todos los hombres. Y su alma será tan grande que puede que de verdad yo nunca llegue a conocerla, pero eso, contrariamente a ti, no me inquieta ni me hace cambiar de idea.

El desafío es precisamente éste, traer al mundo seres más completos que nosotros. Si no se logra hacer la revolución con armas se puede hacer, por los menos, criando a los hijos de otra manera.

G. dice que en algún lugar en el cielo estaba escrito que nuestras existencias tenían que encontrarse y unirse en una nueva vida. Aunque tú no lo aceptes, en alguna conjunción astral estaba ya escrito nuestro destino y el de nuestro hijo. Probablemente, para realizar este plan nos perseguimos desde vidas pasadas pero, como tú rehúsas procrear, tu karma será muy largo y desolador. Probablemente te reencarnarás en un animal: te vería bien como reptil (con la sangre fría que riega cada célula de tu cuerpo y de tu minúsculo cerebro), o bien, como mandril, con el morro de color rojo encendido como el trasero.

Tu hijo se parecerá inevitablemente a ti, tendrá tus ojos, tus manos o tu manera de reír, pero para mí será sólo él mismo, y tú serás un número en el catálogo pedido por correspondencia. Si me pregunta algo de ti, le contaré de un magnífico amor imposible, vivido una noche en una playa lejana…, haré que sueñe con su padre.

Por suerte, G. está en mi vida. No sé lo que hubiera hecho sin él. A pesar de tus sarcasmos, no es un nuevo amante sino una persona única, muy importante para mí. Me está ayudando a reunir los trozos del caos que tengo dentro. Sólo él tiene la paciencia de pegarlos, de darle a cada fragmento un sentido. G. sabe ver donde los demás no ven, sabe localizar, en la maraña de caminos y senderos de nuestras vidas, el hilo que nos lleva a la salvación.

No te lo he dicho nunca pero, hace años, también esperaba un hijo tuyo. No lo has sabido porque, apenas alcanzado el tamaño de un renacuajo, acabó en el váter. Lo hice todo sola, sin recurrir a nadie. En aquel momento me pareció algo de escasa importancia. Sólo ahora excavando entre las ruinas, me he dado cuenta de cuánto ese acto, en realidad, ha determinado la gran inestabilidad de mi casa. Probablemente estaba ya amenazada debido a la mala calidad del material con el que se había construido. Detrás de mí estaba mi madre, con su cerrazón burguesa, mi padre, un hombre gris que ha volcado en mí sólo un tibio afecto al que yo he correspondido con un sentimiento aún más frío: un coleóptero entre los coleópteros, el esca-

rabajo de la metamorfosis que se protege debajo de la cama.

Pero no quiero aburrirte con estas minucias burguesas.

Entonces me deshice de nuestro hijo porque tenía miedo. Miedo de la responsabilidad, del compromiso, de tener que renunciar a mi juventud, de no estar preparada para combatir por la revolución, miedo de no estar a tu altura, de desilusionarte. Te mentí la primera vez que dormimos juntos: no tomé la pastilla. Y a lo mejor aborté porque temía que tú te burlaras de mí por esa mentira.

¿Por qué no me lo has preguntado estas últimas veces?

Según G. la respuesta es clara: inconscientemente también tú deseas un hijo. Te das aires de Herodes para enmascarar tu terror, pero ahora, tras haber leído tu carta, ya no me importan nada tus miedos. Mi tripa crece día tras día y es como si tuviera un pequeño sol dentro de mí: es cálido, da luz y me ayuda a seguir.

Llevaré este embarazo hasta el final: tengo treinta años y no puedo seguir esperando, ya no soy la chica ingenua que tú describes, prendada de su fascinante profesor.

Ahora se trata de elecciones responsables y yo, como adulta, quiero ser madre. No tengo un empleo, pero tengo una casa en Trieste (regalo de mis padres burgueses que no he querido rechazar). Mientras, estoy analizando mi subconsciente, y no es poco. De vez en cuando doy alguna clase particular y cuando mis padres se vayan al otro mundo, tendré una renta con la que contar. O sea que tranquilízate, no presenciarás nunca la penosa escena de verme mendigar a tu puerta con un hijo en brazos.

¿Sabes lo que dice G.? Que cada uno de nosotros tiene un hilo en la mano y que ese hilo nos lleva a nuestra estrella. Cada uno de nosotros tiene una estrella en el cielo y nuestro destino es aprender a seguirla. Es una estrella

cometa, nuestro karma está escrito en su estela, si soltamos el hilo todo está perdido, se forma un enredo, una maraña de estrellas.

Y es precisamente éste, Maraña de estrellas, *el título de su libro más importante. Sé que a ti no te importan nada estas cosas pero debes saber que si no buscas tu estrella, si no la sigues, antes o después, se enredará con el hilo de otras estrellas y será imposible desenredarla, empezará a apagarse hasta desaparecer.*

La estrella es un pequeño sol pero cuando se agota su luz se vuelve fría, glacial. Y es bajo esta siniestra claridad como tú conducirás tus pasos mientras mi hijo y yo correremos felices en pos del arco iris de nuestras estrellas cometa.

Om Shanti, Om Shanti, Om Shanti

Por un instante, durante la lectura, un velo opaco cubrió mis ojos, las palabras bailaban confusas y mis manos ya no estaban tan seguras.

Los sueños de mi madre no coincidían en nada con mis recuerdos. Lo que para ella era libertad, para mí, de niña, sólo había sido desconcierto, confusión. Jamás hubo carreras felices debajo del arco iris. Su estrella fue una estrella de destrucción: la escasa fuerza que había empleado para salvarse me sumió en un estado de profunda turbación.

Puse las dos cartas de nuevo en el bolso con la delicadeza con que se maneja el material arqueológico que vuelve a la luz después de siglos. Descansad en paz, me decía, descansad, flechas incandescentes dispuestas a perforar la fragilidad de mis entrañas.

Mientras lo decía, mis manos rozaron un papel arrugado en el fondo del bolso. Era una hoja cuadriculada de un bloc de notas, arrancada de mala manera. ¿A qué época se remontaba ese nuevo resto arqueológico?

La fecha era del mes de mayo, del año de su muerte.

¡ME HAS TOMADO EL PELO TODA LA VIDA!, había escrito en letras de imprenta y con caracteres enormes.

En el reverso, con trazos nerviosos, una carta:

Perdona, perdóname por haberte traído al mundo. He cometido un error tras otro, he excavado toda mi vida por galerías como un topo, sin ver nada, dando vueltas como un ratón.

No había horizonte, no había futuro.

He nacido para vivir en un callejón sin salida, ahora ya estoy al final del camino.

Perdóname si puedes.

Si no puedes, paciencia, te abrazo fuerte, te beso en la frente.

La firma —*Ilaria*— estaba tachada con dos trazos negros y un poco más abajo, con caracteres grandes y algo infantiles, había escrito

Tu mamá.

Cuando el corazón está herido, ¿qué ruido hace? ¿El ruido sordo de una esponja empapada al caer o el silbido de unos fuegos artificiales mojados por la lluvia?

Habría querido saber más pero no era posible. Ahora debo confiar únicamente en mi memoria, en aquellos pocos, débiles y centelleantes pasajes que pertenecen a los primeros tiempos de mi conciencia, pero aquella puerta se había cerrado hacía demasiados años. Mi vida

—la vida que conocía— te había pertenecido, había pertenecido a tu casa. Todo lo que había sucedido antes se había difuminado como si en realidad hubiera nacido a los cuatro años.

Repasar aquellos años, sin embargo, descubriendo cosas que puede que un hijo nunca quiera saber, arrancó un velo de mi memoria, como —tras una larga ausencia— se quitan las sábanas de los sofás.

Primero, me volvió a la mente un olor, muy preciso. Olor a cigarrillo mezclado con el del hachís quemado en un ambiente cerrado. Si hubiera sido un pájaro migratorio lo habría seguido para volver al nido. De hecho, mi nido era el apartamento de mi madre en Trieste, una especie de comuna abarrotada de personas que entraban y salían constantemente. Gateaba entre mujeres y hombres sentados o tumbados en el suelo, como si fueran los caminos de un laberinto.

En la maleta encontré sólo dos fotos de esa época. En la primera estaba de morros con la cara sucia y un jersey rojo, en brazos de mi madre, mientras ella con el pelo largo y bolsas debajo de los ojos me hacía saludar a alguien tomando mi mano entre las suyas. La segunda foto se remontaba al día de mi tercer cumpleaños. Como de costumbre, mucha gente sentada en el suelo y yo en el centro delante de una masa oscura e informe iluminada por tres velitas amarillas que debía de ser el pastel. A mis espaldas colgaba como un festón un rollo de papel higiénico que llevaba escrito con rotulador *Feliz cumpleaños*.

No tenía ningún recuerdo real de estos dos acontecimientos, lo que me quedaba de esos primeros años de vida era una especie de rumor de fondo, un cúmulo de voces contrapuestas, de fuertes ruidos dominados a veces por el sonido desgarrador de un instrumento (más tarde identificado como una cítara) que me hacía llorar.

Tenía miedo de aquel sonido, como también tenía miedo de estar sola cuando todos se dormían en el suelo, de cuando el sol estaba alto y zarandeaba a mi madre y ella, en lugar de abrir los ojos, seguía durmiendo y se daba la vuelta hacia el otro lado.

Tenía miedo de la cítara y tenía miedo de mi madre porque a menudo no era ella sino otra persona, cogía cosas y las rompía, golpeaba la cabeza contra la pared, daba patadas a las puertas.

Tal vez fue ese terror el que ha borrado su rostro de mi memoria. En cualquier momento la realidad podía estallar, explotar en mil pedazos y, en cierto modo, encender la mecha dependía de mí.

De esos días, aparte del desaliento y de la ansiedad constante, recuerdo el nacimiento de algo más pequeño y devastador cuando se refiere a un niño: el sentimiento de la compasión. Sí, era compasión ese nudo en la garganta que me hacía llorar cuando ella caía exhausta al suelo y yo, con temor y delicadeza, me acercaba para rozarle la cara.

2

¿Podía seguir ignorando a mi padre como él había hecho conmigo? Me lo preguntaba durante aquellos días sin encontrar una respuesta.

Durante los años de mi adolescencia había fantaseado mucho sobre él. Dejé de creer en tu patraña sobre el príncipe turco (como la existencia de San Nicolás) alrededor de los nueve años aunque seguía pensando en ello, construyendo día a día mi mosaico personal. Para hacerlo usaba teselas de los colores más extraordinarios. Si no se había presentado nunca era evidente que debía existir algún impedimento, un obstáculo tan grave como para poner en peligro su existencia —o incluso la mía.

¿Por qué otra razón un padre escogería adrede no ver crecer a su hija? En mi imaginación se sucedían escenarios cada vez más fantasiosos, del espionaje internacional (sólo un espía no podía arriesgarse a revelar su identidad) a los laboratorios de investigación científica más avanzada (mi padre debía ser un biólogo, un químico, un físico y trabajaba en un proyecto de extraordinaria importancia para el futuro de la humanidad), por eso estaba obligado a vivir en un subterráneo blindado, lejos de miradas indiscretas, y renunciar así al amor de su hija.

Los niños quieren sentirse orgullosos de sus padres, lástima que los padres no se den cuenta. En los casos más afortunados, un padre y una madre tienen una idea de cómo debería ser el hijo y actúan para que todo se adecue a esa idea. En los casos más desafortunados no ven nada más allá de ellos mismos y siguen viviendo sin percatarse de ese rayo láser que les apunta permanentemente, una mirada que traspasa muros y supera distancias, implacable, sedienta, hambrienta, capaz de alcanzarlos en cualquier parte de la tierra, de seguirlos al cielo o al infierno, dispuesta a arriesgarlo todo, a perderlo todo, una mirada que desde el mismo momento en que se ha posado en el mundo reclama solamente una cosa: otra mirada que le responda.

Todos los niños nacen con una innata necesidad de maravillarse. Quieren abrir los ojos sobre alguna cosa que admirar, quieren ser conducidos a la cima de un monte y contemplar el esplendor, la luz que cambia, la nieve, el reflejo de los hielos, el águila que protege, majestuosa desde lo alto, sus polluelos, como deberían hacerlo también los padres de los seres humanos.

Por el contrario, el paisaje que se recorta en el horizonte de muchos hijos, a menudo, no es más que un vertedero al aire libre, lleno de chasis de coches, de sillas rotas, calentadores de agua y bañeras boca arriba entre la hierba, bolsas de plástico colgadas entre las ramas y televisores muertos, una única superficie de desolación y desorden. Sin embargo, incluso allí, alguno de ellos consigue encontrar algo que admirar —quizá una canica— y en esa pequeña esfera de vidrio, durante una fracción de segundo, el mundo brilla entre sus manos sin sombras.

Para no ceder al desaliento, un hijo se aferra a cualquier cosa, indicios, señales, capaces de estirarse y ensancharse hasta cubrir toda la escena. No hay detective o científico que resista al talento inquisidor de un niño que busca motivos válidos para admirar a quien le ha traído al mundo.

Un padre borracho (que a lo mejor debes saltar por encima de él para ir al colegio porque está tirado en el suelo) no es malvado, es más, hubiera podido entrar en casa furioso y liarse a patadas contigo, sin embargo ha decidido dormirse y dejarte en paz. Es buena la madre que (después de no haberse ocupado de ti durante días) vuelve a casa y te hace una tortilla: podía no hacerlo, podía volver y encerrarse en su habitación, de todas formas no tiene hambre y además tú no le importas, sin embargo abre la nevera, coge los huevos, los echa en la sartén y a lo mejor te mira a los ojos y te pregunta si has hecho los deberes, porque tú eres lo más importante de su vida.

Durante años había encerrado a mi padre en un globo imaginario que me seguía a todas partes; estaba allí dentro, suspendido, con la sonrisa tranquila de Buda, rodeado de pétalos: sublime, inalcanzable. Estaba convencida de que antes o después el globo estallaría y que él, por fin, bajaría a tierra para abrazarme.

Hubo la explosión pero en lugar de Buda —seráfico e imperturbable— fue el profesor Ancona el que cayó al suelo, con su barba, sus cigarrillos, sus palabras aparentemente sensatas pero en realidad afiladas como cuchillos.

Durante aquellos días de total soledad había leído y releído su única carta a mi madre. Al principio me parecía poder compartir algunos conceptos —el amor por el conocimiento, por ejemplo, o el deseo de no tener lazos para poder moverse con más libertad para interrogarse—. Es una mente brillante, me decía, en el fondo tiene derecho a no atarse a la cotidianidad, pero todavía seguía atrapada en el síndrome del globo, quería encontrar en él algo de mí.

Reexaminando la carta al cabo de unos días, las cosas me parecieron muy distintas, era como si —entre esas líneas— se hubiera producido una reacción química y debajo de las palabras llanas, ordenadas, acreditadas, rezumara una sustancia verdosa, ácida, corrosiva, capaz de descubrir la verdadera naturaleza de quien las había escrito. Había paternalismo, escarnio y cinismo. Presentaba a mi madre como una de esas pobrecillas de las novelas por entregas —seducida y abandonada al primer contratiempo—; otros términos, otro entorno, pero «rasca, rasca» (como decía él) y la historia era siempre la misma: la mujer se enamora —y sueña— mientras que el hombre se divierte, y juega.

Había fantaseado durante años sobre el encuentro con mi padre, sobre nuestro primer abrazo, pero esas pocas páginas barrieron toda la ternura y admiración dejando sólo rabia dentro de mí. Me sentía humillada por ser mujer, por ser hija de mi madre (y por lo tanto también hija suya), fruto de la degeneración-no generación que, por una broma del destino, me había traído al mundo.

Ahora sabía que en nuestro primer encuentro le escupiría a la cara. Iría a buscarlo, sí, pero no por afecto o por curiosidad, sino únicamente para desfogar el furor que se apoderaba de mi cuerpo, para gritarle todo lo que hubiera tenido que decirle mi madre y que no tuvo el valor.

Una cosa era cierta (y a mí me consolaba): a pesar de su afán de libertad y de la alta consideración que tenía de sí mismo, no había llegado a ser lo que esperaba, si no habría leído su nombre en algún sitio. Debía seguir siendo un pez pequeño o de tamaño mediano, encerrado para toda la vida en el pequeño acuario protegido de la universidad y de las publicaciones para especialistas. Tuve la confirmación algunos días después, en la librería —en un ensayo de epistemología, traducido del inglés, estaba escrito: *Epílogo del profesor Massimo Ancona.*

No me fue difícil dar con él. Llamé a la editorial pidiendo su dirección y amablemente me respondieron que —por motivos de privacidad— no estaban autorizados a dármela pero que podría mandarles la carta y ellos se encargarían de hacérsela llegar.

Cogí, pues, papel y pluma y le escribí. Me presenté como una estudiante de filosofía, joven, tímida y llena de admiración por la complejidad de su obra.

¿Podríamos vernos?

La respuesta no tardó en llegar, no vivía lejos de Trieste. Me dio las gracias eludiendo los elogios y añadió que era inútil concertar una cita ya que todas las tardes, excepto el domingo, estaba en casa. Bastaba con que llamara por el portero automático, dijera mi nombre —Elena— y él abriría.

Elena era el nombre que había escogido para presentarme, para el apellido había optado por el de tu madre, no quería correr el riesgo de que ante la más mínima sospecha cancelara la cita.

Así, la «estudiante» Elena, un día de gélido viento del norte, cogió el autobús en dirección a Grado para conocer a su padre. Fue como el lobo de Caperucita Roja, como el ogro de Pulgarcito, como todas las criaturas de las fábulas capaces de morder y hacer daño. Pero también lo hizo como un niño, con una ingenua incertidumbre, esperando que, con el pasar de los años, la historia hubiese cambiado su curso, porque aquel abrazo seguía a la espera, abierto dentro de ella como las pinzas de un cangrejo gigante.

¿Con qué estado de ánimo me preparaba para el encuentro, en el autobús semivacío que me llevaba hacia la playa? ¿Temor? ¿Rabia? Rabia, seguro, pero quizá más miedo. Por la ventanilla desfilaba un panorama de monótona desolación, acabábamos de flanquear las grúas de los astilleros de Monfalcone y estábamos ya superando el estuario del Isonzo, de vez en cuando, una garza real, con su lento vuelo, cruzaba el cielo. Quizá más miedo porque —después de tantas reflexiones y planes estratégicos de ataque— ya no estaba tan segura de que mi mano tuviera el valor de apretar el timbre del portero automático, que mis piernas subieran las escaleras, que mi mirada aguantara la suya sin traicionar los sentimientos y las emociones, como Ulises, de regreso a Ítaca, justo antes de exterminar a los Procios.

Fui la única que bajó en la parada. Un ciclista anciano, de porte más bien incierto, avanzaba por el final de la calle desierta.

A pesar del nombre —Grado Pineta—* pinos en aquel lugar había muy pocos, pelados y encerrados en-

* Una *pineta*, en italiano, es un pinar.

tre filas de pisos decadentes con nombres poéticamente evocadores: Le Sirene, Ippocampo, Stella di mare, Nausicaa.

Durante los largos meses invernales, los jardines se habían convertido en depositarios de todo tipo de botellas, papeles, latas de cerveza y basuras transportadas por el viento.

Lugar privilegiado para segundas casas durante el boom económico, el barrio parecía, ahora, un galeón a la deriva. Desde hacía tiempo la salinidad del mar había iniciado su trabajo de corrosión sobre los enlucidos y el maderamen, muchos postigos colgaban y algunas persianas se habían caído. Villa Luisella estaba escrito en un cartel, torcido y agujereado, delante de una casita en ruinas. Durante el invierno alguien debió de divertirse en dispararle; detrás de la cancela, tirada en el césped, una bicicleta con una sola llanta.

¿Cómo había acabado en un lugar como aquél el profesor Ancona? No llegaba a explicármelo. Tras un par de intentos al final encontré la calle y el número.

Calle del Maestrale 18.

Ante mí apareció un edificio fantasmal, como todos los demás, revalorizado sólo por un pequeño pórtico que en verano a lo mejor albergaba unas tiendas (me las imaginaba repletas de barcas de plástico y pelotas, cremas para el sol y tumbonas, cubos y palas); ahora, sin embargo, estaban cerradas y a través de las tristes verjas extensibles se entreveían los mostradores vacíos, una capa de polvo, y las páginas de un diario desparramadas por el suelo.

Massimo Ancona. Era uno de los pocos nombres que figuraba en el portero automático. Ya no podía titubear, cada fracción de segundo se transformaba en duda. Y desde la duda se asomaba la prepotente certeza de que —para mi vida y la suya— sería mucho mejor dar media vuelta y volver a la oscuridad de donde había venido.

«Elena», dije en el portero automático.

«Quinto piso.»

Mi mano empuja el portón de cristal y mis ojos distinguen, colgado en el atrio, un salvavidas blanco y naranja (¿por si se hundía el edificio?) con el nombre del bloque, Le Naiadi; cojo el ascensor y después se abre una puerta y me encuentro delante de mi padre.

3

Olor a cerrado, a humo frío, penumbra. Muebles blancos de casa de vacaciones en la playa, postigos desencajados con el laminado levantado por la humedad. Libros por todas partes, hojas desparramadas, en el suelo, una vieja máquina de escribir cubierta con su funda, un ordenador portátil abierto —única fuente de luz—, periódicos, revistas, una botella de whisky con un vaso, al lado, opaco por las huellas de los dedos, una colcha sucia para proteger una cama de niño transformada en sofá.

En el centro de la habitación, él.

La misma cara de la foto, sólo que algo más hinchada, el cabello negro, la barba canosa, los ojos llameantes, el físico aún delgado pero ligeramente caído por la barriga que tensa los botones de la camisa, como si quisiera arrancarlos.

«¡Qué buena sorpresa para una tarde que de lo contrario se anunciaba melancólica!»

«Encantada, Elena», dije antes de sentarme en el desvencijado sofá cama.

Más que hablarle de mí o de mis estudios, tema sobre el que no precisé nada, lo dejé hablar. Parecía que no esperaba otra cosa. Debía de ser un hombre muy solo, con la cabeza llena de pensamientos, y le parecía mentira que hubiera alguien que lo escuchara.

La curiosidad tuvo la prioridad sobre la rabia. Intentaba verlo con los ojos de mi madre, ¿qué le habría llamado la atención? ¿Qué emociones lograría suscitar en ella como para determinar de manera tan trágica su destino?

«Te sorprenderá», continuaba él, en su largo monólogo, «que haya escogido vivir en un lugar tan alucinante, a lo mejor hubieras preferido venir a verme en un loft transformado a partir de una vieja pescadería en Venecia, con muebles antiguos y viejos grabados en las paredes, pero eso, ¿entiendes?, hubiera sido, una vez más, un convencionalismo, habría adherido al modelo preestablecido —el profesor de filosofía en su hábitat natural— y eso es precisamente lo que no quiero hacer, meterme en un molde que me ha preparado otro. En el desarraigo se da también esto —colonizar los frentes de la nada—. Voy donde nadie tendría nunca el valor de ir ¿y sabes por qué? Porque no tengo miedo. Eso es todo. Al no vivir en la mentira de una unión, no temo nada. Es la ficción la que nos convierte en frágiles. Debemos llenarnos de cosas, de objetos y de simulacros para controlar el terror, pero esta acumulación, en lugar de procurar alivio, genera un terror aún más grande, el de perder. Más lazos tenemos, más vivimos en el pánico, las personas se mueren o nos abandonan, las cosas se pierden o se rompen, son robadas y, de golpe, nos encontramos completamente desnudos. Desnudos y desesperados. Naturalmente siempre hemos estado desnudos, sin embargo, hemos hecho como si no lo supiéramos, como si no lo viéramos y cuando lo descubrimos es con frecuencia demasiado tarde para ponerse a salvo. Si no te puedes agarrar a nada, te preguntarás, ¿cómo haces para salvarte? Te salvas no actuando —o mejor aún, actuando en armonía con la nada—. La nada nos precede, la nada cubrirá nuestros pasos. En la nada radica la sabiduría del aparecer y desaparecer, por eso debemos entregarnos a la nada como a una nodriza generosa... *Colonizar los frentes de la nada* es justamente el título del ensayo sobre el que estoy trabajando...».

Pasaba el tiempo y no lograba inserirme en el curso de sus frases. Me quedaba una hora antes del último autobús. No sabía cómo afrontar el asunto.

Por suerte, en un cierto momento, se levantó para llenar de nuevo su vaso de whisky y mi mirada se posó en un bellísimo tapiz persa, la única cosa antigua de la casa.

Se lo indiqué: «Y eso, ¿de dónde viene?»

«¿Te parece una señal contradictoria? Efectivamente lo es... Mi padre vendía tapices y ése es uno de los últimos que me han quedado.»

«¿Un recuerdo?»

«No, mi caja fuerte. Algo para vender en caso de necesidad.»

En lugar de sentarse en la silla vino a mi lado en el sofá cama, los muelles chirriaron por el peso. Permanecimos un momento así, en silencio; no lejos un perro ladraba desesperadamente, acto seguido cogió mi mano entre las suyas y empezó a observarla.

«Antiguamente se decía que la mano de una persona encierra todas las cualidades de su alma... Aquí veo inteligencia y nobleza de pensamiento... Se parece mucho a la mía.»

Nuestras manos estaban apoyadas sobre mi pierna, una al lado de la otra. La mía temblaba levemente.

«Se parece porque soy su hija», dije con una voz que me sorprendió por su serenidad.

A los ladridos del perro se habían añadido las blasfemias de un viejo que, sin conseguirlo, intentaba acallarlo.

Inmediatamente se alejó de mí.

«¿Es un chiste?», su voz era entre alarmada y divertida, «¿o una mala obra de teatro?».

«Padua, años setenta. Una alumna suya...»

Se puso de pie para mirarme mejor a la cara.

«Años maravillosos, las chicas caían en mis brazos como abejas en una corola.»

«La evidencia de la verdad.»

Una dura luz cruzó sus ojos volviéndolos opacos y eliminando sus distintos reflejos.

«Si quieres recriminarme algo te digo enseguida que te has equivocado.»

«Ninguna recriminación.»

«¿Qué quieres, entonces? ¿Quieres un resarcimiento, dinero? Si es por eso lo máximo que te puedo dar es un tapiz.»

«No necesito dinero ni quiero tapices.»

«¿Entonces, por qué has venido hasta aquí?, suponiendo que tú seas de verdad mi hija.»

«Por curiosidad. Quería conocerte.»

«Entre seres humanos el conocimiento total es imposible.»

«Pero la curiosidad es un atributo de la inteligencia.»

«*Touché!*»

Faltaba poco para que pasara el autobús y mientras me ponía la chaqueta abrió la puerta de la casa diciendo: «Vuelve cuando quieras. Por las tardes estoy siempre aquí, por las mañanas mejor que llames por teléfono porque salgo con frecuencia.»

Después de aquella primera visita volví a verlo todas las semanas durante tres meses. A menudo íbamos a pasear a la playa, la estación estival aún quedaba lejos y en el rompiente se pudrían montones de algas que en los días de sol desprendían un fuerte olor que atraía a manadas de gaviotas reales, siempre en busca de comida.

El nivel del agua oscilaba mucho con las mareas. A veces, los jubilados-pescadores debían alcanzar casi el horizonte para poder encontrar almejas y vieiras.

De vez en cuando nos cruzábamos con personas que hacían jogging, jóvenes atléticos u hombres de barriga voluminosa, empapados de sudor incluso en pleno invierno.

Frecuentemente, durante los días más cálidos, los enamorados se sentaban en los troncos arrojados en la playa por las mareas.

«¿Sabes por qué a todos los enamorados les gusta mirar el mar?», me preguntó una vez mi padre mientras señalaba una pareja abrazada. «Porque están convencidos de que su amor no tiene fin, como el horizonte. En definitiva, a una línea ilusoria le sobreponen un sentimiento ilusorio.»

No perdía ocasión para demostrarme la falacia del mundo aparente. Maya (la gran ilusión cósmica, según la filosofía védica hindú) nos encierra en su red mágica en la que pocos elegidos logran encontrar una salida y huir, abriendo finalmente los ojos. Todos los demás están obligados a perseguir sombras.

«El amor no puede ser sólo una sombra», repliqué.

«Por supuesto que lo es. Es la sombra de la parcialidad. ¿Ves?, ahora yo me siento contento de pasear contigo por la playa, disfruto hablándote de muchas cosas, pero ¿es esto amor? No, es sólo la satisfacción del conocimiento de una parte. De ti, que dices ser mi hija, amo el reflejo de mi propia inteligencia, lo que conozco de mí y que puedo ver en ti. Pero si, por ejemplo, tú tuvieras un rasgo genético distinto (de alguna tía estúpida de tu familia o de la mía), si tú fueras una niña tonta que vive para los *talk show* y para los pantalones de última moda, te habría echado inmediatamente y habría cambiado el número de teléfono para que no me encontraras. No me interesa poseer sino más bien reconocer una señal, una huella que, misteriosamente, persiste de generación en generación. Es precisamente por eso —por la no posesión— por lo que te he dejado libre. Intenta imaginar si tú hubieras sabido, desde el principio, que eras la hija del profesor Ancona. Automáticamente habrías actuado según esquemas de comportamiento predefinidos, sintiéndote quizá obligada a ser la primera de la clase. O a lo mejor, por contraste, habrías hecho cualquier cosa para parecer lo más tonta posible, taladrándote hasta los párpados con clavos y siguiendo como una oveja todas las abominables modas con tal de hacerme enloquecer de rabia. En cambio, así has crecido sin condicionamientos y has llegado a ser lo que verdaderamente tenías que ser, no una planta de vivero sino un árbol que crece solo y majestuoso en medio de un claro y todo esto gracias a mí porque me he escondido, me he apartado. No creas que no ha sido un sacrificio para mí, he debido renunciar a las tantas pequeñas alegrías concedidas a los padres, no he querido cortarte las alas. ¿Comprendes? He preferido que fuera tu patrimonio genético el que se manifestara, sin deformaciones, sin condicionamientos, porque a fin de cuentas ésa es nuestra esencia. Durante milenios, nuestro ADN ha estado enrollado encerrando entre sus espirales el secreto de nuestra capacidad de supervivencia: vives, sobrevives y mueres; todo está escrito ahí, en esos micrones de materia.»

Ese día el sol calentaba. Nos sentamos en un patín de agua que estaba en la arena y nos quitamos las chaquetas. Mi padre encendió un cigarrillo. Mi mirada se posó en un cormorán muerto no muy lejos de nosotros; una rapaz debió de comerle la cabeza y las moscas se agolpaban sobre el muñón de su cuello, si lo hubiera desplazado habría encontrado a los sepultureros en plena faena.

En ningún momento me preguntó por mi madre, ni quién era —si era una de tantas— ni qué había sido de ella. Me parecía extraño.

«Mi madre ha muerto», dije, sin mirarle a la cara.

«¿Ah, sí?»

«Hace casi veinte años. Yo tenía cuatro.»

«También esto es, en cierto modo, una suerte. ¿Y cómo?»

«En un accidente de coche pero no sé mucho más. Creo que ya no podía más y que, de alguna manera...»

El humo del cigarrillo ascendía formando anillos regulares delante de su cara. Suspiró profundamente.

«Así es... el gen de la ingenuidad delata, con frecuencia, un defecto.»

«¿Cuál?»

«El de la autodestrucción.»

Un día, después del paseo, me llevó a comer a la ciudad vieja, a un mesón del que era probablemente cliente habitual porque el camarero, ya mayor, lo llamó profesor mientras lo acompañaba a la mesa.

«Pensarán que eres mi última conquista», susurró mientras se sentaba.

«¿Desde cuándo te importa lo que dicen los demás?», hubiera querido replicar, pero me callé.

Desde la pared a sus espaldas, el borracho de un cuadro al óleo me miraba; tenía una jarra vacía delante, el sombrero ladeado y dos lágrimas le surcaban el rostro. En el cuadro de al lado un enorme sol naranja envolvía dos caballos blancos enfrentados morro contra morro, patas con patas, no resultaba claro si por rivalidad o por amor. En el fondo, es lo mismo, habría dicho mi padre.

«Pide el caldo con polenta», me sugirió.

«No, prefiero los calamares fritos.»

Mientras esperábamos nos trajeron entremeses y vino blanco. Era la primera vez que lo veía comer. Pensaba que lo haría con soberana indiferencia, como todo lo demás, y en cambio, con gran sorpresa por mi parte, lo devoraba todo con avidez, la mirada baja, los dedos rápidos, como si saliera de una abstinencia.

Hasta entonces no me había dirigido ninguna pregunta sobre mí ni sobre mi vida. Mientras lo observaba inclinado sobre su plato, tuve la fundada sospecha de que si en mi lugar hubiera un maniquí o una silueta de cartón sería exactamente lo mismo. Pero era yo la que quería saber de él, y así, durante la interminable espera del caldo, lo interrogué por su familia.

La madre era de Rodas y el padre, Bruno Ancona, era comerciante de alfombras; en realidad, se había licenciado en Económicas y heredó el negocio de alfombras de su suegro. Entre trabajar para una compañía de seguros y viajar por Oriente en busca de las mejores piezas, prefirió la segunda opción. Vivían en Venecia, donde en 1932 nació él.

Poco antes de las leyes raciales se embarcaron en una nave con destino a Brasil, logrando llevarse un arcón de alfombras con ellos. Su madre había intentado oponerse con todas sus fuerzas: sus amigas de las partidas de canasta seguían permaneciendo en sus casas, no había ningún motivo para alarmarse.

Eran italianos. Italianos como todos los demás.

El marido tuvo que soportar sus quejas durante toda la travesía. «Tienes demasiada imaginación», le repitió, «y tu imaginación nos llevará a la ruina».

El suplicio no se interrumpió ni tan sólo en São Paulo. Todo era excesivo para ella: demasiada humedad, demasiado calor, demasiado sucio, demasiado pobre, demasiado lleno de negros y, más grave aún, no había nadie con quien jugar a la canasta. Aguantó dos años más y después enfermó y se murió.

«Una mujer estúpida, en definitiva», fue el comentario que hizo mi padre. «Muy guapa, morena, con ojos como carbones encendidos, pero estúpida.»

Bruno, en cambio, no era nada estúpido, tras un año de viudedad se casó con una bella criolla y trajeron al mundo una ristra de hijos de color.

Él, Massimo, al final de la guerra se hizo entregar por el padre lo que le correspondía y regresó a Europa. No volvió a verlo ni a saber de él, ni tan sólo sabía si había muerto.

«Esto tampoco tiene ninguna importancia», concluyó, chupando ávidamente la concha de un crustáceo. «El pasado no se puede modificar y el futuro no nos pertenece por derecho. Lo que existe de verdad es el presente. Sólo el instante tiene importancia.»

Esa noche, regresando a Trieste, el olor a frito me persiguió hasta dentro de mi casa. Estaba cansada y sólo deseaba dormir, pero a pesar de eso tuve que ducharme. Temía que durante la noche esa desolación penetrara dentro de mí y se mezclara con la tristeza.

4

La semana siguiente no fui a verlo.

Sus palabras se habían posado sobre mis pensamientos, como el polvo sobre los muebles, resbalando por los resquicios, por los espacios vacíos, oscureciéndolos; no era la suciedad inocente del descuido, que con un paño o un soplo se dispersa, sino un polvo maloliente, capaz de esconder entre sus moléculas metales peligrosos —plomo, arsénico—, sustancias que absorbidas en pequeñas dosis no dan síntomas al principio pero que con el paso del tiempo conducen al envenenamiento y a la muerte.

Muchas veces, al escucharlo me había sorprendido asintiendo a sus palabras; en el fondo compartía el desdén por la apariencia, por la ficción de los sentimientos. La cerrazón que entreveía en la mirada de muchas personas me irritaba y aterrorizaba al mismo tiempo. ¿Qué vida podía haber detrás de esos ojos opacos? Una existencia que de seguro nunca sería la mía, pero, ¿qué alternativa se podía oponer a la opacidad? Gracias a su talante (que después de todo también era el mío) mi padre se había apartado del coro, pero ¿era de verdad una vida libre la suya?

La imagen que le gustaba dar de sí mismo era la de un árbol que se recortaba solitario en un claro, alzando la majestuosa estructura de sus ramas hacia el cielo. ¿Pero no se parecía su vida más bien a uno de esos grandes plátanos de tronco potente que bordean las calles de la ciudad, crecido despreocupándose de las meadas de los perros, de los papeluchos, de las colillas de cigarrillos y de las latas acumuladas entre sus raíces, indiferente al espray fluorescente con el que los enamorados trenzan sus nombres, a las obscenidades, que cada temporada son más fuertes, grabadas en su corteza?

Un árbol cuyas raíces no respiran, sofocadas por el asfalto, agotadas por las vibraciones de los autobuses, con las hojas grises y el tronco ennegrecido por el hollín que, a pesar de todo, conserva su poderosa altura porque, como todos los árboles, sólo quiere una cosa —saciarse de luz— y para hacerlo debe continuar elevándose: hacia arriba, más arriba aún, hasta sobrepasar la sombra de los edificios. Una conquista que todos los inviernos es aniquilada por la implacable hacha del Servicio de Jardines que lo poda a la perfección y de sus bonitas ramas no deja más que minúsculos muñones. A pesar de la mutilación, sin embargo, el plátano no se rinde y cada primavera de sus amputados brazos despuntan numerosas varas y, de esas tiernas ramas, las primeras hojas.

Duele ver un árbol en esas condiciones, sobre todo para quien sabe cuánto espacio puede ocupar en un claro. Sin embargo, muchos lo ignoran y se maravillan igualmente.

«¡Mira qué bonito!», le dice el abuelo al nieto mientras pasa a su lado: «¡ha echado hojas!».

Al viejo ni le roza la duda de que esa reducida aparición no es otra cosa que una agonía que dura desde hace decenios, el canto de una ballena cubierta de arpones que se hunde moribunda en el océano.

Mientras estaba con mi padre me sentía como una liebre entre los anillos de una pitón, la complejidad y audacia de sus razonamientos me dejaban sin aliento, me mareaban.

Sin embargo, en cuanto me alejaba y volvía a pensar en sus palabras, el aturdimiento se transformaba en intolerancia y la imagen del plátano se volvía a asomar en mi mente con insistencia. Había buscado la verdad con la misma fuerza con que el árbol tiende hacia la luz entre los edificios pero, negando la vida, al final, sólo se había replegado sobre sí mismo.

Era como un viandante que espera el autobús sentado en una parada en el desierto, sin saber que esa línea ha sido suprimida hace años.

¿Qué habría sucedido si, por ejemplo, en lugar de lavarse las manos ante el embarazo de mi madre, hubiera aceptado la responsabilidad, si se hubiera casado, si hubiera cultivado la relación con su familia de origen, si, en lugar de abandonar la universidad, hubiera seguido con la enseñanza, ocupándose con pasión de sus estudiantes?

En definitiva, ¿cómo hubiera sido su vida, y la de las personas que lo rodeaban, si en lugar de huir de sus responsabilidades las hubiera asumido?

¿Cuál es la relación entre verdad y vida?

Era la pregunta crucial que me repetía durante esos

meses. Me lo preguntaba por él pero también por mí.

La noche era el peor momento.

Sola en aquella gran casa, exasperada por el ruido del viento que golpeaba los postigos, tenía la certeza de que su búsqueda de la verdad, con el pasar de los años, se había transformado en un biombo, en uno de esos de bonita artesanía, perfectamente bordados, como los que se usan en China, pero que no dejaba de ser un armazón forrado, un lugar tras el cual esconderse y esconder las cosas.

Si además pensaba en mi madre, la rabia se transformaba en furia. Si ella era tan ingenua, ¿por qué la había abandonado a su destino?, ¿no sentía remordimiento? ¿De verdad yo era sólo el fruto de la reacción bioquímica de dos seres, que sin ella hubieran sido dos extraños? ¿Fue la luz de marzo —la solicitación del hipotálamo con sus tormentas hormonales— la que les impuso el acoplamiento, sus líquidos se mezclaron y eso fue todo?

Les sucede también a los sapos: en febrero se encuentran en las charcas y en marzo regresan a los bosques, dejando allí los huevos. Pero un sapo no se pregunta: ¿quién soy, qué sentido tiene mi vida?

¿Era mi madre un sapo, un puerco espín, una culebra, o, en cambio, una cosa distinta, alguien, en cualquier caso irrepetible? ¿Y era su final, de verdad, imputable sólo a una innata incapacidad de sobrevivir en la jungla de la vida o existían también responsabilidades de otros, acciones no hechas —o mal hechas— por quien estaba cerca de ella y tenía el deber de ayudarla, teniendo seguramente más años y experiencia que ella?

¿Se puede, de verdad, comparar los animales con el hombre?

Más de una vez, en el corazón de la noche —prisionera de la inextricable red de esos razonamientos—, he cogido el teléfono dispuesta a gritarle: me das asco. Te odio. ¡Vete al infierno!, pero cada vez, después del prefijo, me bloqueaba sorprendida por un inexplicable temor.

¿Acaso tenía miedo de su voz irónica, de su inevitable cantinela «sabía que acabaría así»? ¿O lo que temía era caer —sin posibilidad de apelar— en la masa mucilaginosa en la que había relegado con desprecio a «los demás»? Los demás —los normales—, los que se conforman, los que no tienen la inteligencia ni el valor para ponerse en pie y escrutar el horizonte, todos esos miserables que pasan los días siguiendo al que lleva la batuta sin percatarse de que la vida no tiene ningún sentido.

Normales como mi madre, su padre (con la mujer criolla y sus críos mulatos), como los estudiantes que no habían sabido plantarle cara, los amigos (si algún día los tuvo) o las mujeres que no habían tenido el valor de seguirlo, de colonizar con él los primeros frentes de la nada.

Sí, es verdad, en mi indecisión existía también el temor a su desprecio, no estaba preparada para soportar ningún tipo de humillación por su parte. En el fondo era (o al menos así lo creía entonces) el único pariente que tenía en el mundo, el más cercano. Para bien o para mal, el cincuenta por ciento de mis genes se los debía a él.

Durante esos meses empecé a ver claras las cosas que teníamos en común, regulando los prismáticos encontraba cada vez más: por eso, me decía, no me apetece interrumpir bruscamente nuestra relación. Cuando llegue el momento justo iré y con calma y lucidez le enumeraré uno a uno los motivos de mi desprecio. Seré yo la que decida romper y no al revés. Lo último que deseaba era acabar como mi madre, abandonada por la calle como una maleta con el asa rota.

Con la llegada del verano todo el cansancio de ese año —tu enfermedad, tu muerte, el encuentro con mi padre— me pudo, transformándome en un guiñapo. Lo único que deseaba era estar sola, tumbada en algún sitio, sin comida, sin palabras, para recuperar fuerzas como una planta en invierno o como una marmota que espera el deshielo.

Hacía ya tres semanas que había interrumpido mis visitas a Grado.

Una tarde sonó el teléfono. Era él. Con una voz extraña —¿dónde había ido a parar su socarrona impasibilidad?— me reclamaba: «¿Qué pasa? ¿No vienes más?»

Me justifiqué casi sin darme cuenta.

«No me encuentro muy bien. En cuanto me sienta mejor iré.»

¿Por qué no se me ocurrió contestarle enseguida «iré cuando me parezca» y sobre todo «si me apetece»?

¿Por qué motivo tenía que sentirme culpable hacia una persona que no había visto más de una decena de veces, un hombre que no había tenido, no digo ya un sentimiento de culpa, sino ni tan sólo el más mínimo remordimiento, un seductor que se había comportado siempre como si sus acciones no tuvieran consecuencias?

No fui ni la semana siguiente ni la otra, aunque me sentía mejor y tampoco le avisé. El teléfono sonó tres días seguidos, siempre a la misma hora, por la tarde, sin que yo pensara ni por un momento alargar la mano y contestar. Evidentemente me estaba buscando, sin conseguir encontrarme. Su ansiedad me procuraba una sorda satisfacción.

Al cuarto día respondí.

«¿Eres tú?», dijo.

Sentí titubeo en su voz, casi temor, parecía la voz de un anciano. Puede que hubiera bebido porque el tono de la voz oscilaba como la llama de una vela expuesta a la corriente.

Esperaba que me dijera algo, que me preguntara cómo me sentía, si me había curado; en cambio, después de un hondo suspiro, dijo: «Aquí ya no se puede estar, es una locura, está lleno de niños que lloran, de televisiones a todo volumen, la escalera está llena de mujeres gordas con el cucharón en la mano, los hombres hacen bricolaje con los taladros; en lugar de matar a sus mujeres utilizan el cortacésped para cargarse los nervios de sus vecinos. ¿Sabes en lo que se ha convertido mi avanzadilla? En el preludio de un modesto Apocalipsis. Cada año es lo mismo, es más, es cada vez peor. Por suerte tengo un amigo que me deja su apartamento de Busto Arsizio durante el verano y es allí donde se desplaza la avanzadilla. Estoy a punto de irme y quería dejarte la dirección, en el caso de que...»

«¿De qué?»

«En el caso de que te apeteciera ir. También hay un teléfono... ¿Tienes donde escribir?»

«Sí», contesté, garabateando su número en una vieja factura.

«Acuérdate, sin embargo, de dejar sonar tres veces. Tres veces y cuelgas. Si no, no contesto. Les permito a muy pocos llamarme.»

«Ya lo sé.»

«Oye...», su voz había adquirido un matiz de una fragilidad casi inquietante: «quería decirte una cosa más...»

«¿Sí?»

Agudos gritos infantiles lo interrumpieron, dominados por una imprevista música rap a todo volumen.

«Será otro día... no puedo más, ¡huyo!»

Con el verbo de la huida —su preferido— colgó el teléfono.

Ante ese «quería decirte una cosa más» mi corazón se aceleró, me esperaba una revelación, un reconocimiento, un recuerdo, un arrepentimiento: algo que llevara nuestra historia a los banales caminos de lo humano, que me autorizara a dejar de llamarlo Massimo para llamarlo papá.

En cambio es posible que sólo quisiera decirme que se iba, pero ¿no significaba esto que comenzaba a ceder: te digo dónde estoy porque te necesito, porque espero que me encuentres, porque ya no puedo vivir sin oír tu voz, sin tu mirada?

Después de su llamada telefónica bajé al jardín.

El aire estaba saturado de ozono y por el este llegaban las nubes veloces y amenazadoras de un gran temporal, rasgadas, en la lejanía, por relámpagos que empalidecían el horizonte. Un viento seco —el que precede a la tempestad— sacudía las ralas copas de los pinos negros haciendo crepitar sus ramas, para después abalanzarse sobre los frutos dorados del ciruelo que se desplomaban en tierra con el ruido que hacen las cosas saturadas de agua al caer. Por el lado opuesto el sol desaparecía y lo que se salvaba de la normal rotación terrestre se lo tragaban las nubes que avanzaban.

Pronto se desencadenaría la tempestad en la meseta, pero en mi mente y en mi corazón ya había empezado, había arrancado los hilos y la electricidad corría por todas partes como un duende loco de alegría.

5

Cuando cae un avión lo primero que se hace es buscar la caja negra, parece que lo mismo ocurre con los trenes. En ese pequeño espacio queda todo grabado, desde la trayectoria a las maniobras, a los hechos, por mínimos que sean, que hayan contribuido al accidente: las indecisiones y los descarrilamientos, las confusiones y los choques. En el hombre esta función la desempeña la memoria. Es el recuerdo el que construye al ser humano, el que lo sitúa en la historia —en la suya personal y en la más amplia del mundo que lo rodea—, y las palabras son las señales que dejamos detrás de nosotros.

Las palabras son como las huellas que encuentras en la playa al amanecer. Durante la noche, entre las dunas, hay un ir y venir de zorros, ratones, cuervos, gaviotas, gamos, jabalíes, limícolas, cangrejos e incluso esos pequeños coleópteros negros que, como señoras que siempre llegan tarde, resbalan rápidamente en la arena. Todos se mueven en la oscuridad y dejan rastros. Unos se encuentran y se olfatean con curiosidad, otros aterrizan para después reemprender el vuelo, los menos afortunados son devorados, otros se acoplan o simplemente estiran las patas. Los cangrejos al hundirse construyen castillos de arena, las huellas de los limícolas duran lo que una ola, mientras que los coleópteros dejan sobre la arena largas estrías ordenadas, haciendo que sea fácil llegar hasta sus guaridas.

¿Y tú de qué guarida has salido?, ¿adónde vas?

Pero puede que antes de preguntarnos adónde vamos deberíamos descubrir de dónde venimos.

Si el coleóptero no sabe a qué especie pertenece, ¿cómo hará para comportarse de la manera adecuada, para decidir si debe comer estiércol, polen o animales muertos?

Un animal sabe de qué se ha alimentado en su larga y somnolienta infancia y es el sabor de ese alimento lo que lo guiará en sus selecciones, así como también es capaz de reconocer su guarida y el motivo que lo induce a salir: está todo escrito en sus genes.

Con el hombre, en cambio, las cosas se complican.

Somos similares en las funciones físicas, pero muy diferentes en todo lo demás. Cada uno de nosotros tiene una historia que es sólo suya y que hunde sus raíces muy lejos, en los abuelos, los bisabuelos, los tatarabuelos y más atrás aún, siempre más atrás hasta llegar a los primeros hombres, al momento en que, en lugar de comportarnos como los coleópteros, empezamos a escoger.

¿Qué elecciones hicieron nuestros antepasados? ¿Con qué fardos nos han cargado? ¿Y por qué tanta diferencia en los pesos? ¿Por qué hay quien corre ligero como una pluma y quien, en cambio, no logra despegarse del suelo?

Con estos pensamientos subí nuevamente al desván. El sol del verano había comenzado a calentar el aire y para no ahogarme abrí el ventanuco. Me senté con las piernas cruzadas delante de la maleta abierta: no había quedado mucho en el fondo, unas cartas que parecían polvorientas y un cuadernillo, de aspecto más reciente, abandonados como confeti después de una fiesta de carnaval; eran las últimas huellas, las estrías que deja el coleóptero antes de alcanzar su guarida.

¿Adónde me llevarían esos folios?

Temía una desilusión, a lo mejor no era más que un montón de banales cartas enviadas por los bisabuelos desde alguna estación termal... «*el tratamiento hace efecto... se come bien... volvemos el jueves en el tren de las ocho*».

Me las llevé abajo y las dispuse ordenadamente en fila sobre la mesa, pero ahora era tarde: no me apetecía abrirlas al anochecer, así que decidí esperar la luz de la mañana.

En la cama, fastidiada por la música de alguna feria estival, no lograba conciliar el sueño; hacia la una miré el despertador, en el aire sonaban las notas de *Bandiera rossa*; eran las tres cuando se hizo el silencio en la meseta, interrumpido a veces por el ruido de algún TIR. En la lejanía percibía, aunque débil, el tintineo de las jarcias de los veleros amarrados en el puerto, parecían ejecutar un pequeño concierto al son de una leve brisa estival.

¿Qué música será ésta?, me pregunté, mientras me dormía: ¿la sinfonía de la ida o la del regreso?

En la tapa del cuaderno, un paisaje invernal: en primer plano las huellas de un lebrato en la nieve, en el centro árboles con ramas copiosamente nevadas; en el fondo, cerrando el horizonte —bajo un cielo terso y luminoso—, una cadena de montañas que resplandecían por el hielo. Era un simple cuaderno idóneo para ejercicios de latín o para las cuentas de la compra de una casa. Quizá por eso lo abrí con despreocupación.

Una despreocupación que se convirtió en hielo en cuanto reconocí la letra de mi madre.

En la primera página había escrito *Poesías*. No me sentí incómoda cuando hojeé su diario, ni cuando leí su carta a mi padre; ahora, en cambio, ante este cuaderno me sentía turbada e intimidada: jamás habría imaginado que mi madre tuviera una vena lírica.

Había muchos poemas, unos cortos y otros muy largos. Leí unos cuantos salteadamente.

No seré nunca una flor

No seré nunca una flor
que en primavera ofrece su corola al sol.
No seré nunca una flor
porque mi espíritu se parece más a la hierba,
una brizna verde igual a otras mil,
tan alta como las demás, que inclina la cabeza
ante la primera helada del invierno.

Niebla

La niebla lo envuelve todo: casas y personas,
ni las bicicletas hacen ruido.
El nuestro es un mundo de fantasmas
¿o soy yo el fantasma?
Mi corazón está envuelto en algodón,
un valioso don
que no tiene destinatario.

Miedo

No son los monstruos los que me asustan
ni los asesinos.
No temo la noche,
los aluviones, los cataclismos,
los castigos, la muerte
o un amor que no existe.
Sólo tengo miedo
de tu pequeña mano
que busca la mía,
de tu tierna mirada,
que me pregunta «¿por qué?».

La vista se me nubló, sentí una presión en el centro del esternón: parecía un asta, uno de esos palos afilados que se utilizan para matar a los vampiros. Una mano la empujaba con fuerza como para desgarrar mi caja torácica.

Habría sido bonito

Qué bonito habría sido
que nuestra vida fuera feliz
como una canción de Sanremo.
Tú y yo, cogidos de la mano,
y, en la ventana, una maceta de lilas.
Qué bonito habría sido
esperar juntos la puesta de sol
y no temer la noche.
Qué bonito habría sido
guiar los pasos de nuestros hijos
con una sola mano.

Pero el ogro ha venido a devorar
nuestro escaso tiempo
dejando en el suelo sólo los huesos y las cáscaras,
los restos de su obsceno banquete.

El palo avanzó un poco más, penetró el diafragma, si se hubiera desviado algo a la izquierda habría perforado el pericardio.

¿Era ésa mi madre? ¿Dónde estaba la chica inquieta y superficial del diario, la mujer confundida y desesperada de la carta? Tenía que haber escrito esas poesías poco antes de morir pero, de todas maneras, parecían los pensamientos de una persona distinta.

Había oído decir que, cuando se acerca el final, todo se vuelve más claro, también ocurre cuando no sabemos que tenemos los días contados; de repente se rasga un velo y vemos con claridad lo que hasta ese instante había permanecido en la sombra.

Mi madre vivió plenamente su tiempo, se dejó arrastrar por aquella corriente colectiva sin sospechar la inminente vorágine del precipicio. Habiendo crecido sin raíces sólidas la arrolló el ímpetu del torrente, no era un sauce, que podía verse embestido por la crecida y permanecer en su lugar, sino, en realidad, una humilde brizna de hierba, como decía en su poesía. El terrón en que había nacido había caído en la corriente, obligándola a una navegación en solitario. Puede que ante el estruendo de la cascada, que al cabo de poco la arrojaría a lo desconocido, haya sentido nostalgia de esas raíces que nunca tuvo.

En el fondo, pensé, la estructura de un hombre no difiere mucho de la de un terreno cárstico: en la superficie se suceden días, meses, años, siglos de un tiempo histórico en continua transformación —por encima de él pasan coches o carrozas, simples excursionistas o un ejército vencido— pero por debajo la vida permanece intacta, siempre igual a sí misma. No existen variaciones de luz ni de temperatura en esas cavernas oscuras, no hay estaciones ni transformaciones, los urodelos chapotean felices tanto si llueve como si hace sol y las estalactitas continúan bajando hacia las estalagmitas como enamorados separados por una divinidad perversa. En ese mundo creado por el agua todo vive y se repite con un orden casi invariable. Así mi madre vivió con fervor los años de la revolución y, para abrazar ese sueño, llegó hasta alterar sus sentimientos: entonces era más importante la aprobación del grupo.

Avanzaban compactados sobre la proa de una imaginaria nave rompehielos, quebrando la corteza cerrada de la superficie, con la mirada fija en el horizonte luminoso de la justicia universal. Prosiguiendo su navegación llegarían al fin a un mundo nuevo, una tierra en la que el mal no tendría ya razón de existir y reinaría soberana la fraternidad. La grandeza de esa meta no permitía dudas ni indecisiones, había que seguir adelante unidos, sin individualismos, sin añoranzas, marcando todos el mismo paso como las hormigas africanas, capaces de devorar un elefante en pocos instantes.

Sin embargo, en un momento dado ella debió apartarse del grupo. Mientras muchos de sus compañeros empuñaban literalmente las armas, mi madre escogió el camino solitario de la introspección. Se ahogaba en la fragilidad, en la confusión y el señor G. se le apareció como el primer salvavidas al que aferrarse. La sostenía permitiéndole flotar y esto, para ella, debía de ser más que suficiente. Durante algún tiempo, las marañas de estrellas con las no resueltas uniones kármicas, frustradas por el paternalismo y el capitalismo, le permitieron proseguir.

Pero bajo esa apariencia, bajo la dureza de la corteza ideológica y la confusa aspiración de una abstracta armonía universal, en realidad, había una joven mujer que, en la parte más oculta de su ser, soñaba, a pesar de todo, con el amor.

En las cavidades profundas el río seguía su curso y era esa agua la verdadera fuente de vida, capaz de apagar la sed, alimentar, fecundar, hacer crecer y unir entre sí a los seres humanos de cualquier lugar de la tierra. Porque es amar y ser amado, y no la revolución, la aspiración más profunda de toda criatura que viene a este mundo.

6

Son muchas las causas por las que los árboles enferman y más aún las que debilitan a los hombres.

Cuando en un árbol la enfermedad está muy avanzada resulta difícil salvarlo, se pudren las raíces, se hincha el tronco, el proceso se interrumpe y las hojas, privadas de linfa, caen.

Cuando un hombre enferma se piensa de inmediato en un virus o en una bacteria que probablemente está, pero nadie se pregunta de dónde viene, por qué se ha insinuado en su interior, por qué precisamente hoy y no hace un mes, en esa persona y no en esta otra que quizá estaba mucho más expuesta al riesgo de contagio. ¿Por qué con el mismo tratamiento uno se cura y otro sucumbe?

Basta con que un rayo roce la corteza de un roble centenario para que se desencadene la destrucción, en esa hendidura se introducen bacterias, hongos y coleópteros que en breve se propagan en detrimento de su vida.

Los frutales se vuelven frágiles cuando pierden la verticalidad. Un pino puede crecer incluso si está doblado por el viento pero no un albaricoquero: es la perpendicularidad perfecta con relación al suelo lo que le permite vivir y fructificar.

Para destruir a un hombre, para que enferme, ¿qué se necesita? ¿Y para curarlo? ¿Qué significado tiene una enfermedad en el curso de una vida? ¿Condena? ¿Desgracia? ¿O quizá una ocasión imprevista, un don valioso que nos ofrece el cielo?

¿Acaso no es en la enfermedad cuando se nos entrega una lámpara?

Era la imagen de la lámpara la que me volvía siempre a la mente durante las largas semanas transcurridas en el hospital. Me veía como el gnomo de las fábulas que con una linterna en la mano exploraba espacios desconocidos; no sabía hacia dónde me dirigía, me movía con pasos recelosos entre las robustas raíces de árboles centenarios, en la guarida de un topo o por el interior del laberinto de una pirámide; procedía cauta, atemorizada pero también impaciente. Intuía que antes o después llegaría ante una puerta desconocida y cuanto más me acercaba más me daba cuenta de que allí dentro encontraría el tesoro; detrás de la puerta, como la que abrió Aladino, se hallaban custodiados baúles llenos de perlas, piedras preciosas y lingotes de oro, sólo para mí. No sabía quién los había escondido ni por qué razón, mi único deseo era encontrarlos, sacarlos fuera y ver cómo resplandecían a la luz del sol.

Mi madre había muerto. Turbada por algo que me resultaba oscuro, decidió lanzar su coche contra un muro pero, antes de ejecutar su plan, había querido escribirme unas líneas firmando por primera vez *mamá.* Aceptar su papel y morir había sido para ella una única cosa.

Mi padre daba vueltas con su coche ruinoso por los centros comerciales de una Busto Arsizio desierta, sin más consuelo que sus pensamientos, cada vez más solo, más desesperado, como si su inteligencia lo hubiera encerrado en una jaula de plexiglás.

Hacía muy poco tiempo que habías muerto. A la imagen que de pequeña tenía de ti se sobreponía con excesiva frecuencia tu rostro devastado por la ira, debido a la presencia de los extraterrestres.

En la casa desierta, donde retumbaban únicamente mis pasos, empezaba a faltarme cada vez más el aire.

Una noche me desperté de repente como si alguien me estuviera aplastando la carótida, hacía aspavientos como un buzo que ha permanecido demasiado tiempo en apnea. A partir de ese momento la respiración se hizo cada vez más escasa, de día sentía los pulmones encogerse y crepitar como dos esponjas secas, habría bastado una mínima presión para convertirlos en migajas.

Fuera, el calor era sofocante y yo buscaba la explicación de mi creciente malestar en la psicología: me cuesta trabajo respirar porque he cortado el cordón umbilical, me repetía.

En septiembre, sin embargo, cuando me di cuenta de que vivía dentro de mis trajes en lugar de llevarlos puestos, decidí ir al médico. Y del médico fui directamente al hospital. Un virus se había instalado en los alvéolos y allí se había reproducido alegremente. Una pulmonía sin fiebre, sin tos, pero no por ello menos susceptible de matar.

El tiempo transcurrido en el hospital no fue un período infeliz, había siempre alguien que me atendía y me distraía sin que yo me moviera de la cama. Entablé amistad con un par de señoras ingresadas en la misma habitación: se asombraban de que nadie viniera a verme.

El día que salí intercambiamos direcciones y falsas promesas de futuros encuentros.

Era la segunda semana de octubre, caminaba por las calles como en un sueño, la violencia de los ruidos y de los movimientos me aturdía, mis pasos eran frágiles, inciertos.

En el jardín nuestro rosal había florecido —una flor pequeña, encogida, preparada ya para afrontar el hielo—, el césped empezaba a amarillear y en el comedero de *Buck*, lleno de agua de lluvia, navegaban cadáveres de avispas y el de un abejorro. Había bastado un mes de ausencia para que en la casa dominara el olor a cerrado y a humedad.

El otoño estaba ante mí y a mi alrededor el vacío. Comenzaba a sentir el viento del norte arremolinarse más allá de los Cárpatos, lo oía bajar, envolverme con sus silbidos y penetrar dentro de mí hasta los huesos del cráneo.

No podía soportar pasar aquí otro invierno. Me parecía que había vivido veinte años en pocos meses, estaba demasiado cansada para continuar.

Se me habría podido ocurrir algo: encontrar un trabajo, inscribirme en una universidad, experimentar un amor, pero lo habría hecho todo con una mano sola, con un solo ojo, con sólo medio corazón.

De hecho sabía que no se trataría de una elección sino de una huida, de un desvío, de una tapadera colocada a medias sobre la cacerola. Una parte de mí estaría ahí interpretando un papel y la otra continuaría vagando por el mundo, recorriendo los caminos con los pasos medio vacíos del Golem, se arrojaría en cada abismo, en cada incógnita; esperaría con confiada humildad delante de cada puerta cerrada, como un perro que espera a un amo que aún no conoce.

Quería luz, esplendor.

Quería descubrir si la verdad existe, si ése es el eje en torno al cual gira todo como en un calidoscopio, o morir.

La mañana que fui a sacarme el billete asistí a un fenómeno extraño: a pesar de que el mar estaba tranquilo, miles de lenguados remontaban el Canal nadando en la superficie como alfombras voladoras, para terminar agolpándose bajo la iglesia de San Antonio sin posibilidad de seguir.

En el puente, una pequeña aglomeración de curiosos observaba estupefacta la insólita forma de suicidio colectivo. ¿De qué se trataba? ¿Era una señal del cielo? ¿Ha estallado un submarino nuclear? ¿O acaso una potencia nuclear extranjera estaba experimentando una nueva forma de arma tóxica?

Unos pescadores empezaron a recoger los lenguados con cubos y a subirlos a las barcas. «¿Se podrán comer?», murmuraba la gente. «¿Qué sabemos de lo que en realidad pasa en el mundo?»

Ante sus ojos, los peces, agitando lomos y colas, agonizaban y morían uno tras otro mientras las gaviotas, con agudos chillidos, surcaban el aire. Era como una descarga de flechas de siluetas blancas que se tiraban de cabeza desde los tejados o llegaban en vuelos rectilíneos desde el mar como una bandada de artilleros. La superficie del agua vibraba con una energía de muerte, en cuanto una gaviota alzaba el vuelo con la presa en el pico, las demás se le tiraban encima para arrollarla, persiguiéndola implacables en el cielo.

De curiosa, la escena pasó a ser inquietante, las madres dejaron de detenerse en el puente con sus niños y los corros de jubilados se disolvían en silencio.

Mientras, la vida en la ciudad continuaba su cotidiana normalidad. A lo largo de las orillas, la acostumbrada fila de coches que esperaban el semáforo verde; en el puerto, un crucero arrastrado por un remolcador, ejecutaba las maniobras de atraque; una música ensordecedora, proveniente de una tienda de ropa para jóvenes, acompañaba el perezoso ritual de los tenderetes de un reducido grupo de personas en Ponterosso.

El cielo enviaba señales pero nadie sabía verlas, pensaba mientras cruzaba el umbral de la compañía naviera que se asomaba al Canal.

La primera salida disponible tendría lugar al cabo de una semana, no había problema para la plaza, me aseguró la empleada: actualmente, ¿quién está tan loco como para perder cinco días para ir a un sitio al que se puede llegar en dos horas de avión?

Reservé una cabina de las más económicas, baja e interior.

Mientras volvía a casa me percaté de que caminaba con mayor ligereza, la decisión de irme me hacía mirar las cosas con distancia, casi con nostalgia. Durante los últimos meses no había cuidado el jardín, los parterres estaban plagados por malas hierbas, los arbustos se mezclaban de manera desordenada, las hortensias, con las flores secas y oscurecidas por la estación, parecían un encuentro de viejas maestras con sombreritos en la cabeza, y una capa de hojas cubría, casi por completo, el césped.

Las hojas eran una obsesión para ti. Las hojas y las malas hierbas. ¡Cuántas veces nos hemos peleado por esto! Tú pensabas que eran elementos que molestaban y como tales había que eliminarlos, en cambio yo estaba convencida de que ambas eran necesarias. Entonces me reprochabas que fuera perezosa, y yo contraatacaba acusándote de tratar a los árboles y a las plantas como a un montón de ignorantes.

«Si las hojas caen», te decía, «seguro que es por alguna razón, la naturaleza no es estúpida como los hombres y lo que tú llamas malas hierbas no saben que lo son; eres tú quien las juzgas y condenas, pero ellas se consideran flores y hierba, bonitas e importantes como todas las demás».

«No ves el alma del jardín», te grité un día, exasperada, «¡no le ves el alma a nada!».

Empecé con tranquilidad los preparativos para el viaje. Primero, fui al banco a cambiar dinero, después puse unas lavadoras y coloqué antipolillas en los armarios; para evitar una invasión de larvas metí el arroz, la harina y la pasta en botes herméticos. Desplacé, por el mismo motivo, los muebles de la cocina temiendo que algún resto de comida que hubiera quedado en los intersticios permitiera a legiones de larvas negras colonizar el suelo y el techo.

Los últimos dos días, con un orden más bien meticuloso, coloqué en la maleta la ropa y todo lo necesario para el viaje; para terminar, puse encima la vieja Biblia sin tapas que había encontrado en el desván.

Mi padre no había vuelto a dar señales de vida, el verano había terminado y probablemente estaba de nuevo en Grado Pineta. No me apetecía llamarlo y le escribí una nota.

Querido papá me parecía fuera de lugar, y así arrugué la primera hoja, en la segunda sólo escribí: *Me voy de viaje. Voy a la tierra de tus antepasados y de los míos*, y añadí debajo el sitio donde con toda probabilidad me alojaría.

La nave zarpó al atardecer después de haber embarcado una fila interminable de TIR albaneses y griegos. No había restaurante a bordo sino sólo un autoservicio, la decoración era de plástico amarillento y la luz de neón imprimía un aspecto mortecino a los rostros que iluminaba.

Aparte de los camioneros, viajaban conmigo dos autocares de jubilados israelíes de regreso de un *tour* por Europa: observé cómo subieron las cajas que contenían sus cacerolas y sus cubiertos de la bodega de la nave.

Subí al puente para mirar la ciudad que se alejaba.

El remolcador se puso al lado del buque para que embarcara el práctico. La luz del faro rebotaba regularmente sobre la superficie del mar, el agua negra y quieta parecía una infinita y amenazadora extensión de tinta.

Sobre nuestras cabezas brillaban las estrellas, las mismas que, hacía más de veinte años, velaron a mi madre y a mi pequeña vida que crecía en su vientre. El ruido de los potentes motores me parecía casi tranquilizador en los escasos momentos que lograba no pensar en lo que había debajo de nosotros.

Quién sabe si las estrellas tienen ojos, me preguntaba, si nos ven así como nosotros las miramos a ellas, quién sabe si tienen un corazón misterioso, si —como desde siempre piensa el hombre— tienen la capacidad de influir en nuestras acciones. Quién sabe si es verdad que entre sus limbos incandescentes viven los muertos, los que ya no están vivos aquí abajo, los que han abandonado una de las formas del cuerpo.

Cuando era muy pequeña, antes de ir a acostarme, insistía en asomarme a la ventana para saludar a mi madre que, según me habías dicho, se había ido a vivir allí arriba; cuando las nubes, ciertas noches, cubrían el cielo rompía a llorar. Me la imaginaba como un hada con un largo y ligero vestido vaporoso de colores, un cono luminoso cubierto de estrellitas en la cabeza, el rostro sereno, ligeramente sonriente, y, en lugar de las piernas, una estela luminosa: sólo así podía seguirme volando de estrella en estrella.

En cambio, ahora, no quedaba casi nada de ella en la caja de zinc; también tú te estabas disolviendo ahí abajo, como un día me sucederá a mí.

¿Qué sentido tenían, pues, nuestras vidas, los sueños de mi madre para mí, o los tuyos para tu hija? ¿Era, acaso, nuestro destino perseguir sombras o se ocultaba algún sentido detrás de la vacuidad?

¿Por qué abandonasteis —tú, tu madre, mi padre— vuestras raíces? ¿Por miedo, por pereza, por comodidad? ¿O quizá para ser libres, modernos?

Cuando se lo pregunté a mi padre me respondió que el hebraísmo, en realidad, no era otra cosa que un cúmulo de costumbres antropológicas y etiquetas sociales y, para corroborar su tesis, me puso el ejemplo de su padre —muy devoto mientras trabajó con su suegro en Venecia y frecuentó su casa—, dispuesto más tarde a bailar la samba sin el menor remordimiento tan pronto como enterró a su mujer en Brasil.

En cambio tú me dijiste que no teníamos religión. No estábamos de un lado pero tampoco del otro. Al verme preocupada añadiste: «no tiene nada de malo, ¿sabes?

Al contrario, es bueno. Ser libre, en el fondo, es la única riqueza que tiene el hombre».

¿Es por este motivo por el que mi alma se asemeja a la de un perro? ¿Es por eso por lo que, desde siempre, vago por las calles invadida por la feroz inquietud de los que no tienen amo?

RAÍCES

1

Después de seis días de navegación tranquila llegamos al puerto de Haifa.

Desde el puente, a medida que nos acercábamos, percibí una extraña similitud con Trieste. A sus espaldas, en lugar del Carso, con el que parecían compartir su aspecto pétreo, se levantaban los contrafuertes del monte Carmelo. Por dondequiera se encaramaban edificios de varios pisos, los más recientes eran también los menos agraciados. En la parte izquierda, donde la colina le cedía el puesto al llano, de una serie de plantas industriales se elevaba una densa humareda que se mezclaba con las llamas de una refinería.

Haifa, sin embargo, no tiene un paseo marítimo como Trieste. En lugar de la ribera y de la plaza Unità, tiene muelles de atraque para las naves de transporte, dominados por una serie de grúas amarillas con sus largos brazos suspendidos. Debajo, cientos de contenedores de todos los colores yacían apilados los unos sobre los otros.

A pesar de que la brigada antiterrorista había embarcado en el puerto de Limassol, las gestiones del desembarco fueron larguísimas. Mientras esperábamos, me detuve en el puente a observar un extraño edificio que se recortaba en la cumbre de la colina, enmarcado por jardines en terrazas que descendían hacia el mar: por la cúpula redonda y dorada que lo remataba parecía una mezquita, pero sin el minarete al lado.

«¿Qué es eso?», pregunté dirigiéndome a una señora de Ashkelon que había conocido durante la travesía.

«¿Eso? Es el templo de Baha'i», y sonrió, como diciendo: sólo faltaba eso. De hecho custodiaba la tumba de Baha'Allah, un persa que durante la segunda mitad del siglo XIX quiso separarse del islam y fundar su propio movimiento religioso sincrético, inspirado en el amor universal entre los hombres de todos los credos y de todas las etnias.

Al bajar a tierra me di cuenta de que la mochila que llevaba sobre mis espaldas pesaba tanto como el siglo que estaba a punto de terminar, que había llegado el momento de detenerme y de mirar lo que contenía, sacar una a una todas las piedras y darles finalmente un nombre, catalogarlas y después decidir si era el caso de llevarlas conmigo o, en cambio, de abandonarlas.

De repente, en esa tierra desconocida y sin embargo tan familiar, comprendí que la nuestra es también la historia de aquellos que nos han precedido, de lo que han escogido hacer o no hacer. Han sido esas elecciones las que han construido, como el carbonato de calcio en una cueva, la invisible estructura de nuestra persona.

Un niño que nace no es una pizarra limpia sobre la que se puede escribir cualquier cosa, sino una tela en la que alguien ha trazado ya la trama de un bordado: ¿recorrerá ese camino marcado por otros o escogerá uno diferente? ¿Continuará calcando el surco trazado o tendrá el valor de salirse de él? ¿Por qué uno rompe la urdimbre y otro la completa con ciega diligencia?

¿Es en verdad sólo nuestra esta vida y éste el único espacio de luz que se nos permite atravesar? ¿Acaso no es una crueldad demasiado grande jugárselo todo en una sola existencia? ¿Comprender, no comprender, equivocarse, enfrentarse? Un solo latido separa el nacimiento de la muerte, abrimos la boca para decir «¡Oh!» por el horror, «¡Oh!» por el estupor y después, ¿se acaba todo? ¿Deberíamos resignarnos a permanecer en silencio y ofrecer el cuello como enésimas víctimas para el sacrificio? ¿Venimos al mundo para después precipitarnos en la muerte como un castillo de cartas que, en silencio, se derrumba sobre sí mismo?

¿Quién decide los papeles antes de la interpretación? ¿Cuál me tocará: el de víctima o el de verdugo? ¿O quizá todo es una sucesión de claroscuros?

Matar o que te maten: ¿quién lo decide? Puede que quien está en el cono de luz; pero los que están en la sombra, ¿qué hacen? Y yo, ¿en qué zona de la escena me encuentro? ¿Se desarrolla realmente todo como sobre un escenario: entrar, salir, olvidarse de la parte, equivocarse? ¿Y dónde van a parar entonces los estertores de las víctimas, dónde el sudor frío de su agonía, dónde el sueño de los verdugos, sus noches oscuras, ocupadas sólo por la fisiología? ¿Existe algún lugar en el cielo que los contiene: un catálogo, un archivo, una memoria cósmica? ¿Y quizá, además de un registro, también una balanza, alguien que pesa las existencias: el plato de la derecha, el de la izquierda, la manera en que se equilibran, aquí las acciones, allí el contrapeso del juicio?

¿Llamea la espada de Miguel agitada en el aire o es la voz de la nada que cruza el espacio?

¿Es acaso el universo sólo un enorme estómago habitado por agujeros negros que absorben y trituran cualquier forma de energía? ¿Reside en ese movimiento infatigable de masticación-absorción-excreción, en esa sinfonía de jugos gástricos, el único sentido del mundo?

Pero cuando el estómago del rumiante se detiene, la vaca se muere.

¿Y el universo?

¿Somos proteínas, minerales, aminoácidos, líquidos, reacciones enzimáticas y nada más? ¿Larvas blanquecinas que se revuelven, que devoran y que son devoradas? Pero también la larva conoce la dignidad de la transformación, de sus blandos tejidos puede salir el inesperado esplendor de una mariposa.

¿Y si la palabra mágica fuera «transformación»? ¿Y si la oscuridad existiera precisamente para acoger la Luz?

2

De todas las historias la del tío Ottavio era la más imprecisa. Sólo la mencionaste una noche, en el sofá, mientras sacabas de una caja fotografías de familia. ¿Cuántos años tenía yo entonces? Diez, doce, era ya el momento en que la ausencia de un rostro (el de mi padre) empezaba a atormentarme; no podías mostrármelo porque no sabías quién era, pero puede que de ese modo estuvieras tratando de cerrar la fisura que se estaba abriendo dentro de mí.

Recuerdo una sucesión de imágenes anónimas surgidas de una época que me parecía sólo un poco posterior a la de los dinosaurios.

Lo más fotografiado era la gran villa blanca, rodeada de un parque, que te había visto crecer: hacía de fondo a una reunión de familia, sirvientes incluidos, en pose para una partida de cricket, y también aparecía en muchas otras, como en la de tu perro *Argo*, de mirada inteligente, tumbado delante de la entrada del vivero. Imágenes de la villa en todo su esplendor estival, con pérgolas de rosas a su alrededor y persianas abiertas sobre balcones floridos, y otra, de la misma villa, destruida por los bombardeos: un cúmulo de ruinas bajo un humo negro.

En muchas estabas tú de niña, con un gran lazo en la cabeza: tú con tus padres en el estudio de un fotógrafo delante de un elegante fondo pintado; otra de tu madre, sola, posando como una cantante. Varias fotografías eran de niños —todos rigurosamente vestidos de marinero, con aros o pequeños violines en la mano y botines abrochados hasta por encima del tobillo— de los cuales me citabas, con buena voluntad, los nombres y el grado de parentesco sin lograr suscitar en mí el más mínimo interés. ¿Qué me importaban a mí todos esos personajes que parecían sacados de una película de disfraces o de aquella suntuosa villa desaparecida en la nada el día en que un Mike de Alabama cualquiera decidió apretar el propulsor de su cazabombardero?

Una vez, pasando en coche al lado del lugar donde un día estuvo, me mostraste un cedro solitario sofocado entre decenas de tristísimos edificios ennegrecidos por el humo de los altos hornos.

«¿Lo ves? De sus ramas más bajas colgaba mi columpio.»

Esa conífera cubierta de hollín era la única superviviente del gran parque que protegía vuestra villa.

El tío Ottavio era hermano de tu madre, me lo indicaste en una foto sentado al piano, al lado de su hermana, que, de pie, cantaba una romanza. Era el único, de una familia en la que todos tocaban más o menos por gusto, que hizo de la música su profesión llegando a ser un destacado pianista. Viajaba por Europa dando conciertos y, cuando estaba en casa, pasaba la mayor parte del tiempo en el salón ensayando.

No lo soportabas, eso me dijiste, pero puede que sólo fuera envidia por su talento, añadiste, ya que tú no tenías ninguno en especial. Se casó (más bien mayor para su época) con una arpista de Gorizia y, con cierto intervalo de tiempo entre uno y otro, tuvieron dos hijos, una niña y un niño.

La mayor, Allegra, heredó la predisposición de sus padres para la música y, cuando terminó el conservatorio en Trieste, se trasladó a América para perfeccionar sus estudios de viola. El más joven, Gionata, al finalizar la guerra se fue a Israel.

«¿Por qué a Israel? ¿Acaso se enamoró?», te pregunté con mis ansias de normalidad.

Al instante te pusiste tensa: «¿Enamorado?» Después, con la mirada vaga, añadiste: «Sí, quizá... en cierto modo... de todas maneras es una historia larga y también algo triste: demasiado larga y demasiado triste para una niña que tiene que irse a dormir.»

De nada valieron mis protestas. Me gustaban los cuentos tristes: me dormía todas las noches abrazada a la Sirenita repitiendo entre las sábanas los cuentos más angustiosos mientras el polluelo del Patito Feo me miraba desde la mesilla de noche.

«Pero esto no es un cuento», concluiste, sin posibilidad de añadir nada más. Así, el tío, su mujer, el piano, el arpa, la viola, Allegra, Gionata y su (para mí) curioso destino, habían desaparecido todos en el pozo oscuro del no tiempo.

Me llevé, en el viaje, tres cartas que encontré en el desván; dos procedían de Estados Unidos: la primera era de Allegra y la segunda, firmada por Sara, una de sus hijas, anunciaba la muerte de la madre. La tercera venía de Israel: con unas líneas escuetas, el primo Gionata te felicitaba por el nacimiento de Ilaria, decía que se había establecido definitivamente en el norte de Galilea y que se había casado; enviaba la dirección completa, por si un día querías ir a verlo.

Era precisamente allí, a esa dirección, donde había decidido ir cuando desembarqué en el puerto de Haifa: dado que era hijo del más joven de los hermanos de tu madre y que, echando cuentas, debía andar por los setenta, había buenas probabilidades de que aún siguiera vivo; aparte de mi padre y de la colección de primos mulatos, que de seguro tenía en las playas de Río, el tío Gionata era el último pariente que me quedaba en este lado del hemisferio.

La parada del autobús que me llevaría hasta mi destino no estaba muy lejos. Esperé menos de una hora antes de subirme en él: el aire acondicionado y la música funcionaban al máximo, la mayor parte de los puestos estaban ocupados por chicos y chicas vestidos de soldados, algunos de ellos llevaban metralletas en bandolera con gran desenvoltura.

El autobús abandonó Haifa por el lado opuesto al Carmelo cruzando la zona industrial dominada por grandes viaductos. Por la ventanilla desfilaban uno tras otro naves, talleres, hipermercados y concesionarios de automóviles. El tráfico era bastante caótico y los conductores gesticulaban amenazadores por las ventanillas abiertas, mientras tocaban el claxon sin parar. Curiosamente no me sentía inquieta sino en ascuas: dentro de poco llegaría al kibutz indicado en la carta. Quién sabe si encontraría a mi tío, puede que hubiera muerto hacía tiempo, o que hubiera cambiado de dirección; a lo mejor quedaba allí algún primo, pero podía irme peor: no encontrar a nadie.

Ni siquiera esta hipótesis lograba inquietarme porque de una cosa estaba segura: ese viaje no era una huida (como lo fue el de América) sino un ir al encuentro, afrontar algo que no conocía pero que me concernía profundamente.

Bajé —era el único pasajero— al borde de la carretera, en medio del campo. Delante de mí una valla reforzada con alambre de púas protegía una construcción que tenía algo de garita y algo de portería.

Me acerqué al joven armado que estaba de guardia y le dije mi nombre y el de la persona que estaba buscando y juntos entramos en el campo. En el autobús, intenté imaginar qué aspecto tendría un kibutz: por lo que recordaba de los relatos que había oído de un amigo tuyo, lo concebía como un conjunto espartano de barracones reunidos en un terreno árido.

En cambio, mientras avanzaba detrás del soldado, pensé que más que parecerse a un pueblo de pioneros era como un campus universitario, diseminado de casitas de una planta, cada una de ellas dotada de césped y de un pequeño jardín. Y no faltaban la piscina ni un campo de tenis. En el centro resaltaba un edificio más grande y más alto que los demás que era la *dining room*, según me comentó mi acompañante.

Lo único que lo diferenciaba de un campus era la presencia de grandes silos en la lejanía, y un fuerte olor a estiércol.

Casi todos los muros lucían una buganvilla, había de todos los colores, del fucsia al lila y al blanco; trepaban con generosidad, casi con arrogancia, y tenían por huéspedes, entre las flores y las hojas, a numerosos gorriones.

El joven me indicó que esperara. Descargué la mochila y me senté en un banco, mirando a mi alrededor, incierta. No estaba muy segura de que hubiera comprendido a quién estaba buscando, quizá no me había explicado bien, pero cuando, transcurrido casi un cuarto de hora, vi separarse de un grupo de personas a un hombre no muy alto de barba blanca, reconocí (gracias a las misteriosas leyes de la genética) sin la menor duda al tío Gionata.

Aunque no escondió una cierta sorpresa, el tío no se mostró especialmente emocionado por mi presencia. Hacía muchos años que no hablaba italiano así que se me dirigió con el mismo dialecto, algo anticuado, que de vez en cuando, durante la enfermedad, usabas también tú.

Decidió que fuéramos a su casa —una construcción prefabricada baja, asomada a un pequeño jardín florido— a tomar un té. A pesar de la edad el tío conservaba un cuerpo fuerte, delgado y se expresaba de manera muy directa.

Le conté de ti que habías fallecido hacía poco más de un año, de mi madre que se fue cuando yo tenía cuatro años (pasando por alto el hecho de que se trató de una muerte deseada) y, por fin, de mi padre, un profesor de filosofía que vivía en Grado y que no se había ocupado nunca mucho de mí.

El tío Gionata había enviudado hacía poco, su mujer se apagó en un par de meses debido a la que ahora es la más común de las enfermedades; del matrimonio habían nacido dos hijos. El primogénito, Arik, vivía en Arad y era ingeniero mientras que su hija trabajaba como psiquiatra en el hospital de Be'er Sheva.

Ya había sentido la alegría de ser el abuelo de dos gemelas, hijas de Arik, que ahora tenían siete años. Las dos tocaban el violín desde muy pequeñas y gracias al método de un japonés, el señor Suzuky, demostraron que habían heredado al máximo el talento de ambos bisabuelos. Hacía poco que había regresado de Arad donde había asistido con gran emoción a su exhibición.

Me dijo que, al marcharse de Italia, la música que había alimentado su infancia curiosamente desapareció de golpe, no escuchaba discos ni asistía a conciertos.

La única música que acompañaba su vida en Israel había sido la de los tractores. De hecho, desde que había llegado, la tierra había sido su única ocupación: él personalmente había plantado las largas hileras de pomelos que llegaban hasta el pie de las colinas; lo mismo había hecho con las plantaciones de aguacates.

Antes de que llegaran, allí no había más que piedras y hierbajos. Los primeros años prepararon el terreno y labraron a mano, más tarde llegaron los tractores y él, dada su pasión por la mecánica, siguió un curso para aprender a repararlos.

Querían ser autosuficientes en todo, ésta era la filosofía que, año tras año, los había llevado a construir todo lo que nos rodeaba.

Ahora, a los jóvenes no les importaba nada de aquellas primeras iniciativas, lo querían todo y al momento, no sabían esperar, no eran capaces —o quizá no tenían suficiente fuerza de ánimo— de sacrificarse por el futuro de la comunidad.

«Éste es mi pesar», me confesó el tío, «y el de los de mi edad. ¿De quién ha sido la culpa, nuestra o de los tiempos que corren? No debería sentirme tan herido: desde que el mundo es mundo los jóvenes tienden a destruir todo lo que sus padres han construido y la vida sigue a pesar de todo... Pero... Puede que esto sólo sean las tristes ideas de un anciano».

Me instaló en la que él llamaba «habitación de los huéspedes»; una habitación alargada con las paredes de conglomerado donde apenas había sitio para una silla y un camastro; una ventana enmarcaba las ramas aromáticas de un eucalipto.

Nunca había oído cantar las abubillas y las tórtolas con tanto brío. Era como si el sol, que allí caía con mayor intensidad, otorgara más vigor a todas las cosas: las flores eran más grandes y de colores más vivos, los cantos de los pájaros eran más intensos. ¿Era así también para los sentimientos —para el odio, el amor, la fuerza violenta de la memoria?

Con esta pregunta me dormí.

Cuando oí llamar a mi puerta, creía que aún era de noche: mi tío quería desayunar conmigo, faltaba poco para las cinco y el sol estaba ya alto, había que ir al campo antes de que hiciera demasiado calor, se justificó al ver mi cara descompuesta.

El gran comedor estaba ya lleno de gente, sus voces se cruzaban retumbando como en los banquetes nupciales.

Esa primera mañana me paseé por el kibutz y nos volvimos a ver a la hora de la comida.

«¡Mira cuántas cabelleras rubias y cuántos ojos azules!», comentó mi tío, con un destello de satisfacción en la mirada, mientras pasábamos delante de la guardería llena de niños que jugaban. «A Hitler se le habría reventado el hígado.»

En la casa, el viejo y ruidoso aparato de aire acondicionado funcionaba ya. Al sentarme en el pequeño sofá del salón no pude evitar ver una vieja estampa de Trieste colgada en la pared enfrente de mí.

Representaba una parte del litoral: delante del palacio Carciotti, señoras con sombrillas, caballeros con bastón y sombrero de copa, niñeras con cochecitos, paseaban a lo largo del muelle de San Carlo (ahora Audace) mientras de una larga fila de naves que estaban en el Canal se desembarcaban cajas de todos los tamaños.

«¿Qué descargaban?», le pregunté a mi tío mientras observaba la estampa de cerca.

«Pues... más que nada café, creo, pero también especias o telas. ¿Sabes por qué no la he quitado nunca de ahí? Porque me recuerda un tiempo que ya no existe, un tiempo en que se podían pasar horas discutiendo con pasión sobre tantas cosas... sobre una representación de la *Carmen* de Bizet, por ejemplo —si era mejor la que acabábamos de escuchar o la del año anterior—, o acalorarse hasta reñir sobre el poeta preferido. A mi mujer no le gustaba la estampa, defendía que el pasado es el pasado y que no debemos cargar con él, sin embargo, a mí me daba una especie de... no digo paz pero sí de alivio. Me reconfortaba saber que había existido una época —la de mi padre— en que se podía hablar de arte, como si fuera la cosa más importante del mundo, en que el horror se hallaba todavía relegado en la retaguardia: no es que no lo hubiera (está desde siempre en el corazón del hombre) sino que no se mencionaba, no se veía, todavía se podía vivir como si no existiera, permanecía comprimido en el espacio oficial de la guerra.»

«¿Ves?», prosiguió, «mis padres estaban convencidos —puede que por ser artistas o porque los tiempos habían cambiado— de que era precisamente la belleza la luz que ilumina el corazón del hombre.

»La música puede abrir cualquier puerta, me repetía mi padre, mientras mi madre me llevaba al jardín para escuchar los distintos crujidos de las hojas.

»Eran idealistas, está claro. Si hubieran vivido más en la realidad quizá habrían podido evitar una parte de la tragedia, pero ellos eran así: veían siempre el lado bonito de las cosas, estaban convencidos de que belleza y honradez iban siempre a la par. Los recuerdos que conservo de los años pasados junto a ellos, en la villa, están impregnados de una luz dorada, no había sombras entre ellos, ni tampoco en su relación con nosotros. Creo que eran padres más bien anticonvencionales para la época, jugaban con nosotros, sus hijos, pero sin dejar nunca en un segundo plano nuestra educación: nos inculcaban unos principios que, en cualquier caso, debíamos respetar con un rigor férreo. En la mesa se hablaba de todo y no se eludía ninguna pregunta.

»Recuerdo una vez —tendría seis o siete años, la edad en la que un niño empieza a interrogarse— que de repente durante la comida pregunté: pero, vamos a ver, ¿quién ha hecho el mundo?

»Lo ha creado Dios, contestó mi padre.

»Y después de haberlo creado, concluyó mi madre, inventó también la música para que el hombre lo pudiera comprender.

»Contrariamente a la mayor parte de los matrimonios de la época —y, ¿por qué no?, también de los actuales— su unión no se limitaba a la atracción física, a un enamoramiento debido a factores variables. Se amaban de verdad, nunca los he visto lanzarse palabras ácidas o estar de morros, podían discutir a veces, incluso con pasión, pero en ello jamás había esa maldad que aflora cuando se está cansado de la vida o se siente desilusión.

»Estoy convencido de que tenía mucho que ver en esto su relación con la armonía, con la música: en el terreno de la belleza lograban disolver cualquier conflicto.

»Su ingenuidad fue la de creer que lo que tenía valor para ellos también lo tenía para los demás, que todos los seres humanos estaban unidos por una tensión interior que podía dar luz a las cosas.

»No sabes cuántas vueltas le he dado a esto a través de los años, cuántas veces he desmontado y montado cada hora, cada minuto, cada segundo de nuestra vida juntos: era como si tuviera entre las manos el motor de un tractor y no lograra identificar la avería.

»Mi vida ha sido prácticamente sólo vivida a medias. ¿Dónde estás?, me reprochaba siempre mi mujer. ¿Estás con nosotros o estás viajando en la máquina del tiempo?

»No, no creo haber sido un buen marido y tampoco un buen padre.

»He sido todo eso, pero a medias.

»Por otra parte, me digo con frecuencia que cuando una vida se ha roto no se puede recomponer, sólo se puede fingir, se puede poner cola a los fragmentos pero será siempre una reparación aparente.

»Rota quiere decir que dentro de ti existen dos, tres o cuatro partes que ya no se pueden recomponer y que, para vivir, debes intentar juntar las piezas sin que se oigan los chirridos que produces dentro de ti, los lamentos de la resignación.

»Mis padres, siempre envueltos en la armonía de su música, cayeron en la atroz convicción de que la bondad se hallaba de forma natural en el corazón del hombre y de que —precisamente por ser algo innato en él— incluso el criminal más empedernido podía albergar bondad, bastaba sólo despertar —con una sonrisa, una canción, una flor— el bien que tenía dentro.

»No eran religiosos, al menos no en el sentido tradicional. El padre de mi padre se había convertido: no creo que se iluminara en el camino de Damasco, sino en el de lo práctico; eran agnósticos desde hacía tiempo y por lo tanto, para ellos, estar de un lado o de otro no era demasiado traumático.

»La familia de mi madre todavía pertenecía en apariencia —pero no de hecho— a la tradición: iba a la sinagoga para los matrimonios y para las circuncisiones.

»Creo que mi madre consideraba como una especie de folclore el conjunto de costumbres que le habían sido impuestas, sin embargo, no era atea ni tampoco agnóstica, por el contrario creía en un ser supremo, leía con pasión libros sobre argumentos espirituales y estaba muy interesada en la transmigración de las almas —la reencarnación, en definitiva— siguiendo las ideas de una noble rusa, una tal Blavatsky o algo parecido.

»Recuerdo que una vez, en el jardín, puso sobre una hoja una oruga peluda y le preguntó: mañana serás una mariposa pero un día, ¿qué fuiste?

»Me inquietaba mucho la idea de que pudiera existir una realidad oculta detrás de las cosas, que no fueran lo que parecían. No he sido un digno hijo suyo, nunca he tenido imaginación, al final acabé ocupándome de motores y no de metafísica. Menos mal que han muerto, llegué a pensar un día, a lo mejor se avergonzarían de un hijo tan banal, sin embargo, fui yo el que se avergonzó de esos pensamientos.

»Ahora que estoy solo en casa —era distinto cuando estaban mi mujer y los niños—, que sé que no me queda mucho tiempo por delante, me sucede con frecuencia que me quedo despierto por la noche: escucho el tráfico que disminuye de hora en hora, oigo los chacales: ¿qué son sus aullidos sino preguntas a la luna, a las estrellas, al cielo?

»Mientras sigo sus lamentos veo también ascender el humo de la tierra: en esa nube densa y negra está mi madre, su esencia mezclada con otras miles —sus sueños, sus talentos, su mirada—; son cenizas caídas en el Vístula, sobre los árboles, en los campos que rodean Birkenau —el potasio de esos cuerpos ha fertilizado enteras regiones y ha dado vida a grandes campanillas de invierno, coles gigantes y manzanas como mapamundis.

»¿Pero es cierto que mi madre está sepultada allí, en el triunfo de la química, o sólo se encuentran sus cabellos, sus huesos? ¿Ha cambiado su alma de cuerpo como creía ella, igual que en los viajes se cambia de habitación de hotel? Puede que se haya reencarnado en África o en un pueblo perdido de los Andes…

»Por la noche los pensamientos se vuelven enormes, pero en esa inmensidad no pienso nunca en el paraíso, en un lugar donde se puede vivir sin culpas, envueltos en una levedad que no tiene nada de humano: significaría que alguien nos cuida y eso yo no lo creo, no. A nadie le importa el destino de los hombres y menos aún el nuestro en particular.

»A lo largo de mi vida he tratado de comportarme de la mejor manera, de ser honesto, trabajar, formar una familia, amarla todo lo que yo pudiera y esto es todo, lo único que tengo para poner en la balanza. Es probablemente mi límite, pero como todo límite, no he sido yo el que lo ha decidido.

»Vine aquí después de la guerra para escapar de los recuerdos. Nada hermoso me ataba ya a Europa, quería comprender quién era, reconstruirme una especie de identidad y, lentamente, lo he logrado.

»No me arrepiento, no volvería atrás por nada del mundo pero nada me ha iluminado. Sigo siendo un escéptico. Un escéptico de buena voluntad, pero siempre un escéptico.»

«¿Ves?», siguió mi tío mientras me indicaba un pequeño rectángulo fijado en la puerta, «eso lo ha puesto mi hijo: es una *mezuzah*. Arik ha sido siempre un chico muy religioso, aunque nosotros nunca lo hemos alentado: en casa nos hemos limitado a respetar las tradiciones con rigor, pero eso es todo. Tampoco lo hemos desanimado, naturalmente, y de vez en cuando su madre y yo lo mirábamos como si fuera un desconocido: ¿de dónde ha salido?

»No sabíamos darnos una respuesta.

»A veces he pensado que dentro de él había transmigrado el alma de la abuela, que toda esa devoción no era otra cosa que una manera de hacerle expiar a mi madre su pasión por Blavatsky y todas sus estrafalarias lecturas espiritistas.

»Mi mujer decía que nacer es como ser lanzado desde un edificio muy alto, y en cualquier caso el destino es caer y por lo tanto hay que aferrarse a algo: hay quien se agarra a un saliente y quien planea sobre un balcón, quien se aferra a una persiana y quien, en el último instante, logra engancharse a un canalón. Si quieres vivir tienes que intentar encontrar un asidero, no tiene ninguna importancia a lo que logres agarrarte. Pero para mi mujer era distinto, provenía de una familia practicante y nunca se había llevado bien con su padre, un hombre bastante rígido; en el fondo, se desea siempre lo que no se tiene en casa, quizá por eso no podía ocultar su irritación por este hijo suyo que quería volver a hacer entrar por la ventana las usanzas que ella había logrado echar fuera por la puerta.

»Por el contrario yo siempre estuve convencido de la honestidad y de la profundidad de los sentimientos de Arik; recuerdo un episodio que se remonta a sus trece o catorce años: era sábado, y cuando entró en casa sorprendió a su madre al teléfono: hablaba con su hermana de Tel Aviv. Rompió a llorar desesperado, gritando: "¿Por qué no vivís en santidad?"

»¿Ves? Las cosas de los hombres son siempre extraordinariamente complejas. Por eso te digo que la cuestión más importante es la honestidad, a partir de ahí se puede llegar a todas partes.»

Aunque eran sólo las seis se había hecho de noche y, con la oscuridad, se levantó una brisa ligera, bajaba de las colinas hacia el mar: al moverse, la buganvilla que estaba al lado de la ventana hacía un ruido de papel de seda; de los establos, poco distantes, llegaba el mugido de un becerro, una llamada desesperada, sin respuesta: quizá buscaba a su madre que ya habían llevado al matadero. Mi tío se sirvió un vaso de agua y se la bebió de un solo trago; hacía mucho calor, el aire acondicionado se había apagado. Debía de hacer mucho tiempo que mi tío no hablaba tanto, con un suspiro se dejó caer sobre el respaldo del sofá y me miró: «Y tú, ¿en qué crees?»

[illegible] reflexión por [illegible] que [illegible] que [illegible]
[illegible]
gundo usar tierra por la tierra.

[illegible]

[illegible]

[illegible] a [illegible]
[illegible]

Cuando eran [illegible] de [illegible]
[illegible] de
[illegible] al [illegible] la [illegible]
[illegible] de
[illegible] de [illegible] el [illegible]
de [illegible] de [illegible] su [illegible]
[illegible] que [illegible]
[illegible] y [illegible] de
[illegible] mucho [illegible] que [illegible]
[illegible] de [illegible] que [illegible]
[illegible] de [illegible]
[illegible]

3

El peso de la noche es el peso de las preguntas que no tienen respuesta. La noche es de los enfermos, de los inquietos, no hay manera de liberarse de su tiranía. Se puede encender la luz, abrir un libro, buscar en la radio una voz reconfortante pero la noche sigue ahí al acecho: de la oscuridad venimos, a la oscuridad volvemos y oscuro era el espacio antes de que el universo tomara forma.

Quizá por eso las ciudades son siempre más luminosas y están llenas de atracciones. A cualquier hora de la noche, si se desea, se puede comer, comprar algo, divertirse. El silencio y la oscuridad se ven relegados a las pocas horas en las que vence el cansancio y se debe tratar de recuperar un poco de fuerzas para poder seguir, pero no es un sueño atravesado por el fulgor de las preguntas, es como un desmayo, un breve espacio en que el cuerpo se ve obligado a ceder a la fisiología, para despertarse después ante una pantalla luminosa de la que nosotros y sólo nosotros tenemos el mando a distancia.

¿En qué crees?, me había preguntado mi tío. En el silencio de la noche daba vueltas y más vueltas en la cama sin lograr encontrar tranquilidad. Sabía que no vendría el sueño pero esperaba, inútilmente, al menos una especie de sopor. La pregunta flotaba en el aire arrastrando consigo tantas otras, la primera entre todas, su gemela: ¿por qué vives?

¿En qué crees? ¿Por qué vives? A cada niño que nace se le debería entregar un pergamino con estas dos preguntas a las que contestar. Más tarde, con ese mismo folio —rellenado con todas las acciones de nuestra vida— habría que presentarse también ante la muerte.

Si borramos la noche y el silencio, de hecho, no queda más espacio para las preguntas y ésta es la función del pergamino: para que cada niño que nace no crea que es sólo un objeto entre otros objetos, quizá el más perfecto, para que sepa (si a lo largo de los años le sucediera que tuviera que pasar una noche en vela) que no es una enfermedad lo que le mantiene despierto sino sólo su naturaleza, porque la capacidad de interrogarse le pertenece al hombre y a ningún otro ser.

¿En qué crees?

Se puede creer en tantas cosas, en la primera que se te propone, por ejemplo: cuando el niño come su papilla, está convencido de que es la mejor del mundo porque nunca ha probado otras; si un huevo se abre delante de un gato, el pollito que nace buscará alimento en él porque creerá que es su hijo.

Se puede aceptar comer la misma papilla durante toda la vida o bien, en un determinado momento, se puede rechazar y apartar la cara como hace el niño cuando está saciado.

En cambio puede que nos demos cuenta de que no hay nadie que nos ofrezca comida y, así, nos quedamos hambrientos y sedientos, presos de un irrefrenable nerviosismo. Entonces la única manera de calmarse es moverse, pasear, hacer —y hacerse— preguntas buscando un rostro capaz de responder.

¿En qué crees, pues?

Creo en el dolor, que es el señor de mi vida: es él quien me posee desde que abrí los ojos, quien atraviesa mi mente y mi cuerpo, quien electriza, asola y deforma; es él quien desde el primer instante me ha vuelto inepta para la vida, ha sido el dolor el que ha puesto un temporizador en el corazón, provocando una probable explosión.

Hay dolor, no alegría en mis primeros recuerdos; ansiedad, miedo y no la serena certeza del sentimiento de pertenencia. Mientras gateaba en busca de mi madre entre esos cuerpos atontados por los excesos, mientras la observaba dormir al lado de un compañero cada vez distinto, ¿qué sentimiento podía tener sino el de estar perdida? Ya entonces intuía que era hija no del amor sino de la casualidad y esta percepción, en lugar de empujarme al hastío, hacía que naciera en mí un extraño deseo de protección hacia mi madre; percibía siempre un velo de tristeza debajo de su forzada alegría, sentía que iba a la deriva y habría dado mi vida para evitarlo.

¿De dónde viene mi alma? ¿Se ha formado conmigo o ha manado del misterio del tiempo fuera del tiempo? ¿Ha descendido sobre la tierra, contraviniendo a las leyes de la naturaleza, para poder socorrer a un cuerpo que descuidadamente la ha atraído, condenándola así a vivir en el sufrimiento de la no aceptación, en la inquietud del ningún lugar, del «no importa, para qué, para quién estoy aquí», como dijo mi padre, «de todas maneras todo se reproduce inexorablemente, desde los mohos hasta los elefantes»?

¿Era pues hija de la inexorabilidad?

Durante las noches de viento del norte, en Trieste, una pequeña afluencia de manifestantes se reúne con frecuencia delante del palacio de justicia para protestar contra algún abuso, hasta el alba, imprecando cada vez con más rabia.

¿Es la casualidad que se atrinchera en el interior del palacio de justicia, protegida por barrotes y guardias? ¿Se esconde ahí dentro porque tiene miedo? ¿Es a la casualidad a la que hay que dirigir las preguntas? ¿Y de qué debería tener miedo sino de las preguntas de los hombres, de las inexorabilidades que ha lanzado en el escenario del mundo sin el menor asomo de una explicación?

Mientras seguía pensando en la casualidad decidí levantarme: estaba todavía oscuro, el despertador marcaba las tres, en alguna otra casa la luz estaba ya encendida. De noche, la casualidad debía afrontar una gran multitud de interrogadores: por cada lámpara encendida, una inquietud, una fractura, un puente suspendido en el vacío; por cada luz, una memoria sin paz, pensé mientras caminaba a lo largo de la plantación de cítricos.

Cuando llegué al final del campo me senté sobre una piedra, la brisa de la noche se había detenido, los ruidos, los olores, todo estaba quieto. Me sentía como en un teatro antes del inicio del concierto, la orquesta estaba ya en su lugar, el director inmóvil sobre el podio sin que su brazo se moviera todavía: miradas, mentes, corazones, músculos, todo a la espera de poder estallar en la armonía del sonido.

Era aún de noche cuando del poblado árabe, sobre la ladera de la colina, se elevó el canto de un gallo, poco después una claridad coloreó la cúpula oscura del cielo.

De regreso oí un canto melódico salir de una de las casas: en la soledad del alba alguien rezaba. ¿Era una acción de gracias o una súplica?, me pregunté mientras alcanzaba la cama. Y las preguntas, ¿no se elevaban, quizá, todas de la misma manera durante la noche? ¿Y si las preguntas no fueran otra cosa que la única forma de oración que nos ha sido concedida?

La semana siguiente empecé a trabajar en el kibutz, ayudaba donde hacía falta. Era una época agotadora para estar en el campo, y así pasaba la mayor parte del tiempo en la cocina o en la gran lavandería.

Una noche mi tío quiso contarme la historia de su padre, la que tú no quisiste añadir a la de la Sirenita y la del Patito Feo.

La atmósfera en Trieste era densa. Muchos de sus amigos se habían puesto a salvo. Cuando marcharon les aconsejaron hacer lo mismo pero su padre, Ottavio, ante la palabra «huir» tuvo una reacción de rebeldía. ¿Por qué debería escapar?, decía. Lo hacen los ladrones, los asesinos, los malhechores, los viles, los que tienen cosas que esconder pero yo, ¿qué mal he hecho?

«No era el saberse bautizado lo que le daba esa total tranquilidad», precisó el tío Gionata, «sino una distancia interior real de lo que sucedía a su alrededor: no concebía que se pudiera llegar a matar a un hombre sólo por su apellido».

¡Soy ciudadano italiano!, proclamó con firmeza cuando fueron a detenerlo como si la pertenencia geográfica pudiera garantizarle un salvoconducto mágico.

Él, el tío Gionata, se salvó porque, mientras volvía a su casa, se había encontrado por la calle a la mujer que desde hacía años bajaba del Carso para traerles la mantequilla y, contando con su cabellera rubia y sus ojos azules, se puso a su lado, haciéndose pasar por su hijo. Así asistió impotente y mudo al arresto de sus padres.

No regresó nunca más a la villa, la mujer de la leche se lo llevó con ella al altiplano y allí permaneció hasta el final de la guerra.

«Puede que haya sido durante ese período», añadió distraído el tío, «cuando entre los libros y la tierra escogí la tierra, porque en el papel impreso sólo había preguntas mientras que en el campo estaba la vida y la vida, a pesar de todo, sigue».

En las semanas que siguieron el obispo, que desde hacía años estimaba a Ottavio como músico, logró obtener, gracias a amistosas influencias sobre el gobernador, la liberación, pero el salvoconducto era válido para una sola persona y así su padre lo rechazó.

El día de Yom Kippur de 1944, sus padres se marcharon rumbo a las desoladas llanuras de Polonia, donde de inmediato se perdieron las huellas de su madre.

Fue la Cruz Roja la que le comunicó, tres meses después del final del conflicto, que su padre seguía con vida.

«En el otoño de 1945», continuó mi tío, «mi padre Ottavio volvió a Trieste, irreconocible de aspecto pero su espíritu no parecía haber cambiado. Llamó enseguida a su viejo afinador, después se sentó en el taburete y empezó a tocar. Parecía no tener otra necesidad más que ésa, no le importaba comer, beber, dormir, dar un paseo, sólo quería tocar: tocar y nada más. Al principio pensé que era la música —y el papel primordial que tuvo en su vida— la que contribuyó a su salvación, pero muy pronto tuve que cambiar de opinión».

Un mes más tarde, el tío Ottavio pidió con insistencia dar un concierto. Su deseo se realizó muy pronto.

Gionata aún lo recordaba todo de aquella velada: la sala estaba llena a rebosar, el público atento, no se oía volar una mosca, ni un estornudo, ni un golpe de tos, estaban todos extasiados por la intensidad, casi metafísica, de la interpretación. El rostro del pianista estaba como transfigurado. Al mirarlo, un sentimiento de inquietud se adueñó del hijo.

¿Quién era la persona que estaba tocando?, ¿era su padre, el hombre que conocía desde siempre, o tenía de él sólo los rasgos? Sus manos corrían sobre el teclado pero ya no había alegría en su mirada, una luz fría y distante parecía llevárselo lejos, a un lugar donde no era posible alcanzarlo.

Al final el público se levantó aplaudiendo fervorosamente en una ovación que duró diez minutos, reclamando un bis a grandes voces pero, tras una sobria inclinación, el tío Ottavio congeló la sala cortando el aire con un gesto seco de izquierda a derecha, como para decir: «No, ya no es posible. No insistáis. Se acabó.»

«Inolvidable, realmente inolvidable...», comentaban muchos mientras recogían los abrigos en el guardarropa. No quedaba claro si se referían al concierto o a su insólito final.

Al día siguiente, el tío Ottavio se levantó, tiró a la estufa todas sus partituras, cerró la tapa del piano y, después de ponerse el abrigo, salió.

A partir de ese día, salir, y lo hizo durante todo el invierno, fue su única actividad. Salía de casa al alba y regresaba de noche cerrada, de vez en cuando un conocido decía que lo había visto en la costa, en Muggia o en Aurisina. Caminaba con la cabeza baja sin reconocer a nadie, los amigos lo saludaban pero él seguía, movía los labios continuamente como si discutiera animadamente consigo mismo; ya no se lavaba, no se afeitaba, se ponía siempre el mismo abrigo sucio, botas de montaña destrozadas y un sombrero hundido hasta los ojos; en torno al talle llevaba varios metros de cuerda liados.

Con esa misma cuerda, transcurridos unos meses, empezó a traer perros a casa.

Los primeros fueron dos bastardos de caza y los instaló en el jardín de atrás; se quedó en casa toda una semana para montar unas casetas simples de tela metálica cerca del garaje. Cuando terminó, reemprendió su habitual vagabundeo. Salía por la mañana y volvía por la noche, trayendo siempre un nuevo perro atado a su cuerda.

«En poco tiempo», recordó el tío Gionata, «la situación se hizo insostenible: los animales lo ensuciaban todo, ladraban, se peleaban entre ellos por la comida. De hecho mi padre no los alimentaba con regularidad, sino sólo cuando se acordaba o cuando le apetecía y tampoco permitía que los demás se ocuparan de ellos; un día que me atreví a hacerlo se me echó encima con la furia de un demente. Si los perros se peleaban se lanzaba encima de ellos, dándoles bastonazos a ciegas hasta que paraban y él caía exhausto en el suelo; en cambio cuando estaban tranquilos y saciados, se pasaba horas acariciándolos, hablándoles con un tono sereno y sosegado. Vosotros sí, repetía sentado entre ellos como si fueran niños, vosotros sí que tenéis un corazón noble de verdad... y los perros le rozaban la mano con pequeños lametazos y movían la cola.

»Era evidente que había que internarlo, cuidarlo, pero ¿cómo? Él no lo aceptaría jamás y yo no podía obligarlo.

»La cuestión era muy delicada, ¿cómo podíamos ayudarlo?, ¿era todavía posible? y, sobre todo, ¿era justo?,

¿quería en realidad volver a ser el pianista de antes o aquel gesto perentorio al final del concierto era la línea divisoria definitiva entre el antes y el después, entre lo que había sido y aquello en lo que lo habían convertido? ¿Acaso no debía de ser ése —la muerte de la belleza— el testimonio de su vida desde entonces hasta su fallecimiento?

»Probablemente no era a él al que debíamos tratar, sino más bien nuestra incapacidad de soportar la desolación, la visión del bien que se corrompe en mal. En el fondo, durante los primeros tiempos, todos nos hacíamos la ilusión de poder seguir viviendo como si nada hubiera sucedido. Del mal, un poco se puede tolerar, pero cuando es tan oscuro y denso como para cubrir todo el horizonte, ¿es todavía posible hacerlo?

»Por suerte existe la muerte; ella, al menos, tiene a veces piedad. Un día al volver a casa no oí ladrar a los perros, pero no me preocupé demasiado. Fue sólo más tarde, cuando los vi a todos extrañamente inmóviles, enmarcados por la ventana del baño, cuando bajé corriendo al jardín y lo encontré.

»Estaba ahí, tumbado entre las casetas, con los ojos abiertos, parecía sonreír. El corazón se había detenido de golpe, sin dolor. En lugar de morderlo y destrozarlo los animales lo velaban en silencio, moviendo de vez en cuando la cola como para comunicarse algo. Dicen que los perros son capaces de ver el ángel de la muerte. Esa vez pensé que era verdad y que quizá ellos mismos eran ángeles por la manera en que le ofrecían su corazón al amo. Al menos me quedó el consuelo de ver que había muerto sereno. Un alivio modesto, que desaparece de noche cuando pienso que, probablemente, también los criminales más feroces mueren con la misma expresión en el rostro».

4

En mi habitación, por la noche después de cenar, empecé a leer la Biblia. Como no tenía una buena preparación no seguía ningún orden, me limitaba a abrirla al azar recorriendo con la mirada las líneas en busca de algo que hiciera eco dentro de mí. Quién sabe por qué de todas las lecturas que hicimos juntas, ésta nunca me la habías propuesto. ¿Temías condicionarme o te daba miedo no ser capaz de responder a mis preguntas con veracidad y firmeza?

¿Era por eso por lo que nunca me hablaste del tío Ottavio?

Probablemente pospusiste el tema para cuando yo fuera mayor pero, cuando finalmente llegué a la edad justa, te avasalló la violencia de mi inquietud a la que siguió luego la devastación de tu enfermedad y así, la reflexión sobre la memoria, desapareció.

¿Qué raíces me procuraste?

Tu amor, seguro, pero ¿qué fundamento tenía, de qué se alimentaba, qué era lo que lo impulsaba más allá del curso natural de la genética?

¿Y por qué no supiste amar a mi madre? ¿Por qué

razón la dejaste ir a la deriva como una barca sin timón?

¿Habrías podido hacer algo?

¿O es siempre la corriente de la historia la que arrastra las vidas, la que las arrolla? ¿Era mi madre hija de su tiempo, como tú lo eras del tuyo y yo lo sería un día del mío?

¿Y si la historia fuera de verdad una corriente, pero a la que uno se puede oponer, determinando así su curso? ¿Y si es precisamente en la historia donde anida el misterio de la salvación? ¿Y si la salvación consistiera en actuar siguiendo la trayectoria luminosa de la verdad?

Pero, ¿qué verdad?

Hasta ese momento había oído decir que la verdad no existe.

«La verdad depende del punto de vista», me dijo un día mi padre, «y dado que los puntos de vista son infinitos, las verdades son infinitas. Quien dice que posee la verdad en una mano, en la otra sostiene ya el cuchillo para defenderla. Quien dice que Dios está de su parte lo hace para matarte después. Recuerda lo que estaba escrito en los cinturones de los nazis —*Gott mit Uns*, Dios está con nosotros—, recuerda las hogueras en que los católicos han quemado vivos a quienes no eran de la misma opinión. Verdad y muerte caminan siempre de la mano».

Animada por la lectura de la Biblia, ese fin de semana decidí salir por fin del kibutz e ir a visitar el pueblo.

Llegué a Zefat en autobús y me senté en una valla para comer una parte de las provisiones que había cogido en la cocina. Una música martilleante salía de unas tiendas para turistas que bordeaban las murallas, mientras una guía, en un inglés fluido, ilustraba las bellezas del lugar a un grupo de americanos cansados y aburridos.

«En sus primeros siglos de existencia, Zefat fue ante todo una fortaleza, un baluarte de la resistencia contra los invasores romanos. Y fue sólo en el siglo XVI cuando se convirtió en uno de los centros más importantes de la cultura mística hebraica y es a aquella misma época a la que se remontan las más importantes sinagogas que ahora podéis admirar.»

Unos extraños sonidos metálicos y repetitivos dominaban sus palabras: un poco más lejos el hijo de una pareja no muy joven apretaba frenéticamente los mandos de un videojuego sin apartar los ojos de la pantalla. El padre le dijo tres veces que parara, a la cuarta le arrancó el juego de las manos gritando irritado: «*These are your roots!*»*

El aire caliente subía de la llanura moviendo suavemente las hojas de las plantas. Más allá, dos cigüeñas —las alas abiertas y las patas extendidas— trazaban grandes círculos en el aire aprovechando las corrientes ascendentes.

En las primeras horas de la tarde bajé hacia Tiberíades. Esperaba encontrar un pueblo pobre de pescadores y en cambio llegué a una pequeña ciudad turística que tenía algo de Rímini y algo de Las Vegas, la tristeza de los lugares de veraneo, fuera de temporada, lo cubría todo, el olor de grasa frita y fría, los paneles luminosos (la mitad, apagados) y la tienda de recuerdos en la que entré para comprar una postal.

«He aquí un frente en el que te encontrarías bien...», escribí, y se la envié a mi padre.

* «¡Éstas son tus raíces!»

Pasé la primera noche en una pensión de Tiberíades y a la mañana siguiente me dirigí a Cafarnaúm.

Se había levantado el viento, olas amenazadoras recorrían la gran extensión del lago.

Hice un breve desvío para visitar las ruinas de Tabgha, en cuyo aparcamiento ya estaban estacionados tres autocares.

Cuando llegué a la escalinata me crucé con un grupo abigarrado de paisanos, la mayoría parejas de jubilados que, por el acento, parecían de las provincias del Véneto, ataviados todos con el mismo pañuelo coloreado al cuello y gorras con visera: muchos tenían el rostro marcado de quien ha trabajado la tierra toda la vida, algunas mujeres iban vestidas de manera elegante —una rebequita, falda y blusa— con bolsos pasados de moda en el brazo y lucían permanentes que las modas del nuevo milenio no habían cambiado.

Los acompañaba un sacerdote de mediana edad, su párroco probablemente.

«Venid aquí... acercaos... escuchad...», repetía, ansioso como una maestra responsable de una excursión escolar.

Pero, aparte de tres o cuatro parroquianas que no se apartaban de él, el resto del grupo no parecía hacerle mucho caso mostrando mayor interés por el aspecto lúdico del lugar: los más intrépidos, de hecho, se habían quitado los zapatos y habían entrado en el lago, salpicándose ruidosamente, como críos.

Algunas personas lo inmortalizaban todo con los más sofisticados sistemas de reproducción tecnológica: encuadraban, filmaban, sacaban fotos sin despegar en ningún momento el ojo de la máquina.

Mientras tanto, otros autocares se acercaron a la

orilla del lago desembarcando una nueva oleada de peregrinos, esta vez alemanes y coreanos.

«Uno de los primeros testimonios de la existencia de este lugar se debe a la peregrina Egeria...», contaba una guía alemana, mientras sujetaba una pancarta con el nombre del *tour*. «He aquí lo que escribió en el 394 después de Cristo: *No muy lejos se pueden ver unos escalones de piedra sobre los que estuvo el Señor y por encima del mar hay un campo de hierba con mucho heno y muchas palmeras, junto a las cuales mana agua abundante de siete fuentes...* Miren, a la izquierda, debajo de aquella construcción octogonal aún está el manantial principal, el agua surge a treinta y dos grados y es sulfurosa y salobre, se trata por tanto de aguas termales.»

La información sobre la salubridad de la fuente pareció excitar a las señoras alemanas, que de inmediato corrieron a buscar un arroyuelo en el que sumergir un dedo para experimentar en el lago Tiberíades las mismas sensaciones que tuvieron en Abano.

El grupo de coreanos era más ordenado y compacto. Todos seguían atentamente con la mirada lo que su sacerdote les indicaba en cada momento, como si formaran parte de un solo cuerpo.

Finalmente también se vieron recompensados los esfuerzos del párroco véneto: después de haber gesticulado y haberse desgañitado inútilmente, con pocos golpes de silbato (el mismo que usaba probablemente en el recinto) consiguió agrupar el rebaño a su alrededor para leer en voz alta el episodio del Evangelio ambientado en ese lugar: «*Uno de aquellos días, como había otra vez mucha gente y no tenían qué comer, Jesús llamó a sus discípulos y les dijo: me da lástima de esta gente; llevan ya tres días conmigo y no tienen qué comer; y si los despido a* *sus casas en ayunas, se van a desmayar por el camino. Algunos, además, han venido de lejos; le replicaron sus discípulos: y ¿de dónde se puede sacar pan, aquí en despoblado, para que coman éstos? Él les preguntó: ¿cuántos panes tenéis? Contestaron: siete. Mandó que la gente se echara en el suelo; tomó los siete panes, pronunció la acción de gracias, los partió y los fue dando a sus discípulos para que los sirvieran. Ellos los sirvieron a la gente...»**

Cuando terminó de leer, el sacerdote levantó los ojos: «¿Cuántos de entre nosotros serían capaces de seguir al Cristo durante días sin comer? ¿Podríamos demostrar tanta abnegación con tal de escuchar su palabra? ¿Y en qué medida estamos dispuestos a acogerla? ¿Nos turba su palabra o es una palabra sobre la que nos acomodamos como lo haríamos sobre un blando cojín?»

Cuando al final invitó a los presentes diciendo: «Recojámonos, pues, un momento en meditación y oración a fin de comprender el sentido profundo de nuestro peregrinaje...», algunos de los parroquianos asumieron una expresión dolorosamente absorta mientras otros miraron a su alrededor, algo molestos o distraídos, como si se estuvieran preguntando cuánto tiempo faltaba para comer.

El viento que procedía del lago se había intensificado haciendo volar algún que otro sombrero sobre las ruinas; los pañuelos revoloteaban como banderas mientras que de las ramas de los eucaliptos llegaba el ruido seco de las hojas mezclado con el intenso piar de los gorriones.

* Nuevo Testamento, Evangelio según San Marcos 8, 1-6, Ediciones Cristiandad, Madrid, 1975, Traducción de Juan Mateos.

Sentada en los escalones del anfiteatro observaba con atención los rostros que me rodeaban; si habían decidido llegar hasta allí, pensé, tenían que creer en algo, si no habrían preferido ir a tomar el sol a las Canarias.

«El candil del cuerpo es el ojo; así, si tu ojo es claro todo tu cuerpo estará en la luz», leí en el Evangelio de Mateo esa misma mañana mientras esperaba el autobús.

¿Había luz en esos cuerpos, claridad en esas miradas? ¿O más bien conformismo, sentimentalismo, superstición: lo hago porque lo hacen los demás, porque deseo ser admirado por mi bondad, porque, en cualquier caso, quiero sentirme protegido de las grandes fuerzas inicuas que dominan el universo?; ¿y acaso es por esto por lo que tengo alrededor del cuello una cruz en lugar de un cuerno de coral,* y que, para mayor seguridad, me pongo los dos y, ya que estoy, añado también una mano de Fátima?

¿Era esto la fe o había que rechazar esta manera de manifestarla? Y entre fe y religión, ¿qué relación había? ¿Se podía practicar una religión y no tener fe, y viceversa? ¿Qué era lo que descendía del Cielo y qué era debilidad de los hombres? ¿Qué era verdad y qué deseo de aprobación?

Todo el tiempo que estuve ahí sentada busqué otros ojos que respondieran a los míos, pero era como si resbalara sobre una superficie de hielo o de plexiglás: probablemente era yo la que no tenía ninguna luz, pero tampoco emanaba el más mínimo destello de esa gente.

Estaba a punto de desistir cuando un resplandor

* En Italia se usan las puntas de coral, llamadas cuernos de coral, como amuletos.

cruzó mi mirada procedente del rostro luminoso de una anciana y menuda mujer coreana; sus paisanos estaban subiendo ya al autobús, pero ella, quién sabe por qué, se acercó a mí sonriendo, me tomó una mano entre las suyas, apretándola con fuerza, como si quisiera decirme: ten valor, sigue así, para después, tras una leve inclinación, echar a correr con pequeños pasos hacia su autocar.

Tardé varias horas en llegar a Cafarnaúm: allí también el habitual asedio de autocares.

Guías y acompañantes cruzaban en el aire explicaciones en diversas lenguas que yo captaba de vez en cuando, mientras me adentraba entre la abigarrada muchedumbre hacia la zona arqueológica.

De la antigua sinagoga quedaban sólo cuatro columnas de piedra calcárea blanca y en el suelo unos fragmentos de bajorrelieves llenos de granados y racimos esculpidos.

«Por aquí pasaba la antigua Via Maris, el camino que unía Siria y Mesopotamia con Egipto y Palestina...», decía un hombre con una pancarta en la mano, «era un paso obligatorio, sobre todo para las largas caravanas de mercaderes. Y es justo aquí, en esta sinagoga, donde Jesús se trasladó para predicar, después de abandonar Nazaret… ¿A alguien se le ocurre por qué?».

«Porque era como un parking de TIR…»

«O un centro comercial…»

«¡Exacto! Jesús la escogió porque era un sitio de mucho paso. Más tarde, en el 665, fue destruida, probablemente por un terremoto…»

El sol estaba en el cenit y hacía más bien calor.

Siguiendo el flujo de las personas que caminaban en desorden, unas comiendo bocadillos, otras bebiendo de pequeñas botellas de agua mineral, alcancé una zona de sombra, en la parte más al sur de las excavaciones, y me senté para comer algo yo también.

De lo que debió de ser el pueblo que vio nacer a Pedro no quedaba más que los cimientos de las casas: Aquí Mateo tenía su puesto de recaudador, aquí vivía Simón con su suegra, repetían los guías con voz monocorde.

Me preguntaba por qué cuando se hablaba de Simón Pedro se mencionaba siempre esa única relación de parentesco y por qué no aparecían nunca su mujer y sus hijos, cuando mi mirada se vio agredida por una especie de monstruosa astronave de vidrio y cemento que hundía sus seis grandes patas de hierro en la tierra ocultando la vista del lago.

¿Qué era?

A primera vista, una sala de fiestas de los años sesenta o un extraño templo de adoradores de ovnis.

«Aquí se levantaba la casa de Pedro», repetían con énfasis los guías, mientras mostraban escasos restos de muros ensombrecidos por la tenebrosa astronave.

Pensé que la suegra tendría buenos motivos para detestar a su yerno si, por culpa suya, la memoria de la familia estaba condenada a verse aplastada debajo de toneladas de cemento y vidrio. Pero tal vez la culpa no era de Pedro, sino más bien de la obtusa vanagloria de los seres humanos que pretenden exhibir donde sea las manifestaciones de su poder.

Decenas de monedas lanzadas por los turistas brillaban sobre el antiguo suelo de la casa. No lograba comprender qué sentido tenía ese gesto. ¿Propiciatorio, de buen augurio? ¿O quizá era sólo el previsor comienzo de una colecta para poder, un día no lejano, abatir ese monstruo para restituir el encanto a Cafarnaúm?

Se estaba haciendo tarde. Habría querido subir también al monte de las Bienaventuranzas pero no estaba segura de poder regresar a tiempo al kibutz, como le había prometido a mi tío, así que me dirigí a la parada de autobús.

Durante todo el trayecto, mientras la oscuridad cubría rápidamente el paisaje, volví a pensar en el día que había pasado. «*Una gran multitud de sabios es la salvación del mundo*», había leído en la Biblia poco antes.

¿Conocí algún sabio ese día? ¿Y en el pasado?

Los únicos curas que había conocido en mi vida fueron los que vi en televisión. No recordaba ninguna de sus palabras, salvo un aura difusa de sentimentalismo moralista que no abrió las puertas de mi mente, sellando, si acaso, las de mi corazón.

¿Qué era en realidad la Sabiduría? ¿Acaso el dolor que desde siempre atravesaba mi espina dorsal?

En aquella orilla el Rabí de Nazaret sació a miles de personas: ¿quedaban aún panes y peces por distribuir? ¿Y qué tipo de hambre debían saciar? ¿Cuál era el hambre del hombre moderno que era dueño de todo menos de sí mismo? ¿Cuál era el hambre del alma? ¿La gloria, triunfos, juicios, separaciones o quizá simplemente descubrir un umbral ante el cual arrodillarse?

5

En el transcurso de los meses siguientes mi vida adoptó un ritmo regular, trabajaba en la lavandería junto a un grupo de señoras mayores que hablaban yidish; mientras ellas doblaban la ropa yo ponía en marcha la planchadora de sábanas. Gracias a mis conocimientos de alemán lograba comprenderlas y conversar un poco con ellas.

La mayor parte de mi tiempo libre lo pasaba con el tío, él también parecía contento de haber recuperado una rama dispersa de la familia. Hablábamos largos ratos en el salón por la noche o íbamos a pasear a lo largo de las hileras de pomelos que él mismo había plantado.

«Al principio», me dijo, «este trabajo me fue simplemente asignado. En los primeros tiempos, plantar un árbol equivalía a construir una pared, no veía la diferencia; pero con los años, mientras los cuidaba y los veía crecer nació en mí una verdadera pasión. Mi mujer me tomaba el pelo con frecuencia: "piensas más en ellos que en tus hijos" y puede que tuviera razón.

»En el fondo, sobre el destino de los hijos, flotaba

una cierta fatalidad, sabía que, por mucho que me esforzara en criarlos de la mejor manera, en un momento dado ellos podrían decidir —con total autonomía— escoger un camino equivocado o simplemente distinto del mío.

»En cambio con mis árboles era diferente. Ellos dependían de mis cuidados, esperaban el agua cuando la tierra estaba demasiado seca, el aceite mineral que los protegía de la cochinilla, la cantidad adecuada de abono al final del invierno, porque una proporción equivocada entre los distintos componentes produciría demasiadas hojas o desencadenaría la caída prematura de flores y frutos o también peligrosas quemaduras. Es un error que cometía con frecuencia al principio: daba demasiado alimento a la tierra y, como una madre ansiosa, pensando que la enriquecía, hice que se enfermara. Hay que poner el abono en la justa medida y en el debido tiempo; a veces se debe incluso evitar ponerlo. Una razonable privación es buena para las plantas, como también para los hijos: es necesario renunciar a algo para después sentir el deseo de tenerlo.

»Hoy en día existe la idea algo limitada de que, para ser felices, los niños deben tenerlo todo enseguida: conocer lenguas, jugar con el ordenador. Hablo siempre de esto con las parejas jóvenes, me dicen que soy anticuado y puede que un poco sádico. No comprenden que, para ponerse en camino, es necesario tener nostalgia de algo. Si le quito la luz a una planta reunirá todas sus fuerzas para lograr encontrarla, las células apicales se estirarán de manera espasmódica para descubrir un resquicio y, una vez alcanzada la meta, la planta será más fuerte porque habiéndose enfrentado con la adversidad, ha logrado superarla.

»Las plantas mimadas, como los niños, tienen un único camino ante sí, el de su ego.

»Hablo de estas cosas y sé que estoy solo, ahora el mundo procede de manera diferente y no seré yo el que lo detenga. Me gustaría, sin embargo, que la gente pensara más en los árboles, que aprendiera a cuidarlos, a sentir gratitud hacia ellos, porque (incluso si nadie parece recordarlo) sin ellos nuestra vida no podría existir: es su respiración la que nos permite respirar a nosotros.

»¿Sabes lo que más miedo me da de estos tiempos? El sentido de omnipotencia que se está difundiendo. El hombre está convencido de que puede hacerlo todo porque vive en un mundo artificial, construido por sus propias manos que cree dominar totalmente. Pero quien, como yo, cultiva árboles y plantas sabe bien que no es así.

»Claro, puedo garantizar una regularidad de riego, puedo construir una sofisticadísima instalación —hemos cultivado prácticamente toda la zona de esta manera— pero si no llueve durante días, meses, años, llegará el momento en que la tierra se resquebrajará por la sequía, las plantas morirán, y con las plantas los animales. No podemos fabricar el agua, ¿comprendes?, así como no podemos fabricar el oxígeno; dependemos siempre de algo que no está en nuestras manos: si el mar crece nos arrolla; si vienen las langostas devoran la cosecha y los brotes de los árboles, exactamente como lo hicieron en tiempos del faraón. Pero nosotros, que vivimos con luz artificial, ahora lo ignoramos.

»El único horizonte certero es el de nuestro dominio sobre la materia, curamos cada vez más enfermedades, con sistemas cada vez más sofisticados —y esto, naturalmente, es un hecho extraordinario—, pero después congelamos los cerdos vivos para ver si nos es posible dormirnos y despertarnos muchas veces en un espacio de tiempo dilatado, para poder, en definitiva, fingir que morimos y renacer cada vez; desmembramos los cuerpos de los difuntos y los tenemos en la nevera como piezas de recambio.

»Mira, yo tengo una rótula que casi no se mueve ya por la artrosis, tengo la rodilla siempre hinchada y me cuesta caminar. ¿Sabes lo que me ha dicho un médico del hospital, un día? "Si quiere, podemos sustituirla por otra."

»"¿Y de dónde la sacáis?", y él, con toda tranquilidad: "Del banco."

»En definitiva, en algún sitio en el mundo existe una gran nevera que contiene todas las piezas de recambio: en lugar de calabacines y guisantes hay rótulas y manos, tendones y ojos; están ahí a la espera de una sustitución, como las puertas de un coche en un taller de carrocería.

»Observé la expresión que apareció en el rostro del médico cuando le respondí: prefiero quedarme cojo antes que profanar un cuerpo, me miró como si fuera un viejo fanático. Pero yo nunca he sido fanático para nada. La duda y la perplejidad han acompañado todos mis pasos; hubiera querido regresar y decírselo, pero comprendí que no valía la pena. Los espacios cerrados producen limitaciones extraordinarias en los hombres. Es necesario estar fuera, al aire libre, para admitir que hay cosas que no logras comprender; y esta concienciación no es una derrota sino una posibilidad que tienes de grandeza.

»"A partir de ahí puedes hacer viajes extraordinarios", dice siempre mi hijo, y si no lo haces, cualquier itinerario que inicies equivaldrá sólo a dar vueltas sobre ti mismo.

»¿Cómo puedes pensar, cuando coges en brazos a tu hijo recién nacido, que es un conjunto de piezas de recambio? Sientes su cuerpo tierno, confiado; ves su mirada, esa mirada de la que, si la sabes leer, podrías comprender todo, y entiendes que, en esos pocos kilos de materia, se halla encerrado el más grande de los misterios. No es tu inteligencia la que te lo dice sino tus entrañas que lo han generado. ¿Cómo dice el salmo? *Mis huesos no se te ocultaban, cuando era formado en lo secreto, cuando era entretejido en las profundidades de la tierra.**

»¿Y yo debería, después, serrar esos huesos y ponerlos en una nevera? No, gracias, prefiero devolverlos a la profundidad de la tierra, prefiero pensar que *todo estaba escrito en tu libro, mis días estaban determinados antes que existiera ninguno de ellos,*** como continúa el salmo, inclinar la cabeza y aceptar mi suerte.

»Hablo a menudo con mi hijo de estas cosas cuando viene a verme con las niñas, permanecemos despiertos hasta el alba, mientras ellas duermen. Con frecuencia dice, riéndose, que me he vuelto más religioso que él, pero le respondo que se equivoca porque yo soy como un negociante que tiene un crédito abierto con alguien y todavía no ha saldado su cuenta —la muerte de mi madre, la de mi padre, el exterminio de millones de inocentes sucedido a través de los tiempos— y, como

* Salmo 139 (138), *Sagrada Biblia*, Editorial Regina, Barcelona, 1966.

** Salmo 139 (138).

tengo esta cuenta abierta, no puedo entregarme, de pies y manos, a un credo, así como tampoco puedo hacer como si nada, decir que todo va bien bajo el sol y que lo que rellena el cielo no son más que masas de materia en movimiento, como sostienen los "simples".

Hacía tiempo que no me hablaba en dialecto, así que le pregunté: ¿Has dicho impío o simple?»*

Mi tío se puso a reír y continuó en triestino: «*Go dito sempio*»,** después, más serio: «mas, entre simple e impío, ¿hay mucha diferencia?». Ninguno de los dos ve —o hacen como si no vieran— lo que tienen delante de sus narices.

«Cuando empecé a plantar árboles, como los chicos que han crecido en la ciudad, estaba convencido de que no eran muy distintos de palos que echan hojas; ha sido con el tiempo como he comprendido, mientras los escuchaba, los observaba crecer, los veía enfermarse, morir o fructificar, que no eran muy diferentes de los niños, y que, como ellos, necesitaban cuidados, amor pero también firmeza; he comprendido que cada uno de ellos increíblemente tenía su propia individualidad —los había más fuertes y más débiles, más generosos y más avaros, incluso más caprichosos.

»Los cuidaba a todos con la misma intensidad y cada uno de ellos respondía de manera diferente. Por eso comprendí que no eran palos sino criaturas dotadas de su propio destino. Y si en ellos existe un misterio, ¿cuánto más grande será el misterio que envuelve a los hombres?

»Si hubiera llegado a mi edad convencido de haber

* En dialecto triestino, *sempi* significa «simples», y *empio*, en italiano, es «impío».

** «He dicho simple.»

plantado toda mi vida simples palos generadores de fruta, ¿qué sería yo ahora? ¿Un simple? ¿Un impío?

»Tuya es la respuesta.

»Sería una persona que durante toda su existencia ha vivido sin saber escuchar, sin saber ver, un hombre que en la cabeza —en lugar de pensamientos y preguntas— tendría sólo un fuego de hojas mojadas, el humo de su mala combustión me habría impedido ver lo similares que son el destino del árbol y el del hombre.»

Entonces yo también le hablé de mi pasión por los árboles, del nogal que tú, con tanta ligereza, hiciste talar y de la devastación que siguió: fue como si, también dentro de mí, se hubiera amputado un árbol y, por esa herida siempre abierta, continuaran manando mis inquietudes.

También hablamos de tu enfermedad y de cómo aún no había logrado aclararme sobre nuestra relación: demasiado íntima y protegida durante mi infancia, demasiado conflictiva más tarde. El hecho de que tú me amaras sin haber sido capaz de hacerlo con tu hija me producía un estado de gran incertidumbre, de ambigüedad hacia ti.

Le conté también sobre mi padre y de su historia con mi madre, de los años que transcurrieron en Padua y al final, para desdramatizar un poco, empezamos el juego de las plantas.

«¿Qué planta sería Ilaria?», le pregunté.

«Seguramente una planta lacustre», y me siguió diciendo: «sus raíces fluctuantes no le permitieron elevarse sobre un tallo ni vivir mucho tiempo pero, como sucede con esa especie, generó una bellísima flor».

«¿Y mi padre?»

Por lo que le había contado, el tío Gionata lo comparaba a una de esas plantas que se ven rodar por el desierto, más que arbustos parecen coronas de espinas: el viento las empuja y ellas danzan en la arena encaramándose sobre las dunas para después caer, sin detenerse nunca; sin raíces y sin la posibilidad de echarlas no pueden ni siquiera ofrecer alimento a las abejas y su destino es el de una eterna y solitaria carrera hacia la nada.

En cambio yo, de niña, deseaba crecer con la fuerza estable de un roble o la fragancia de un tilo, pero más tarde cambié de opinión: me inquietaba la reclusión de los tilos en las calles y en los jardines, tanto cuanto me entristecía el destino solitario de los robles, por eso, ahora, quería ser un sauce, crecer con mi gran fronda al lado de un río, hundir mis raíces en el agua, escuchar el ruido de la corriente, ofrecerle —entre las ramas— hospitalidad al ruiseñor y al tordo de agua y contemplar el martín pescador aparecer y desaparecer entre sus olas como un pequeño arco iris.

«¿Y tú?», le pregunté después, «¿qué árbol te gustaría ser?».

Mi tío se quedó un poco pensativo antes de contestar.

«De joven quería ser un arbusto: por ejemplo, un rosal salvaje, un espino albar o un ciruelo, y desaparecer entre el seto. Cuando llegué aquí, en cambio, me habría gustado ser uno de esos cedros que crecen majestuosos en las pendientes del Hermón. Pero últimamente el árbol que tengo siempre en la mente, del que tengo más nostalgia, es uno que crece en nuestra tierra, el haya... Conservo su recuerdo de mis excursiones en la montaña: el tronco gris, cubierto de musgo, y las hojas que incendian el aire...

»Sí, así es, ahora me gustaría ser un haya.

»Es más, me siento, soy un haya, porque en el ocaso, la vida se inflama de emociones, recuerdos y sentimientos, como en otoño se inflaman las copas de esos árboles en los bosques.»

6

Poco después de la fiesta de Shavuot, alguien me buscó desde Italia, la llamada fue desviada al comedor pero yo estaba ya trabajando. Cuando al final de mi turno me senté con una bandeja archillena en una mesa, un joven soldado me pasó una nota que decía: *A call from your abba.*

Era mi padre que me buscaba, por segunda vez en su vida. ¿Qué lo inducía a hacerlo? Quién sabe, puede que entusiasmado por la visión de Tiberíades, quisiera pedirme que le buscase un apartamento en aquella zona, o quizá sólo comunicarme que se marchaba de Grado Pineta para alcanzar algún otro frente donde pasar el verano. De hecho hacía casi un año que yo me había ido.

Conociéndolo, no debía de ser una cosa urgente, me metí la nota en el bolsillo y pensé que en mi próxima salida compraría una tarjeta para llamarlo.

Esa misma tarde llegó de visita Arik, el primogénito de mi tío, de regreso de la Universidad de Haifa a la que había ido por trabajo; tenía unos treinta años y su rostro era abierto, luminoso.

En mi honor y en el del país que nos vio nacer (aunque distaba unos kilómetros), esa noche nos quedamos en casa y cocinamos espaguetis con tomate. Arik le contó a su padre las últimas proezas de las gemelas y añadió, con aire misterioso, que pronto tendría otra buena noticia que comunicarle pero que prefería esperar a su mujer para hacerlo. Después mencionó algo a propósito de su hermana, con la que se había encontrado la semana anterior en Be'er Sheva.

«Si no la llamo yo, ella no lo hace nunca», comentó con tristeza mi tío.

«Su trabajo la tiene muy ocupada», fue la rápida respuesta de Arik, «no para nunca, está convencida de que su deber es salvar a la humanidad. Si sigue así acabará poniéndose mala».

Mi tío sacudió la cabeza: «es extraño, normalmente las hijas salen al padre. En este caso, en cambio, ella se parece más a su madre: un espíritu concreto, realista, capaz de arremangarse en cualquier situación, sin ningún tipo de duda».

«No es así», puntualizó Arik. «Finge no tenerlas para no afrontarlas. Ha decidido que el mundo debe marchar como quiere ella sin que nadie la pueda detener.»

«¿Es una persona muy segura de sí?», pregunté, yo que siempre he envidiado esta cualidad.

«¿Segura?», se preguntó Arik, «quizá. Pero más que segura, es autoritaria: cuando ha decidido una cosa ya no se puede discutir, debe funcionar por fuerza. Por lo tanto es una forma de fragilidad».

Animado por mis preguntas, Arik se explayó largo rato describiéndome su vida en Arad.

Al principio, no le fue fácil ambientarse —el clima y el paisaje eran totalmente distintos de allí— pero ahora no podría vivir en ningún otro lugar. Necesitaba de las piedras, del aire riguroso y seco, de esas flores que crecen en los cauces sin agua y que con las primeras lluvias estallan en una sinfonía de color. Llevaba siempre a las niñas a admirarlas, aunque fueran aún pequeñas y no pudiesen comprender: quería acostumbrarlas, desde el principio, a disfrutar de la maravilla.

«Es probable que en el trópico uno se canse de las flores y termine por no verlas, pero un desierto que florece sólo una vez es un don inesperado, nos hace comprender cuánta luz se halla encerrada en la materia.»

Después me contó la historia del asedio de Massada y de cómo había visto, la semana anterior, a dos japoneses sobre una bicicleta trepar hasta la cima de la fortaleza; me habló también del oasis de Ein Gedi, lugar donde había leopardos (remontando los cauces al alba, a veces era posible verlos), y de la cueva donde David se escondió de Saúl… Si un día decidía ir a verlos, me llevaría a visitar todos esos lugares.

Hacia las once mi tío se fue a dormir y nosotros salimos a pasear.

Dimos un par de vueltas alrededor de los establos y después nos dirigimos a la plantación: las flores de azahar estaban abiertas y en la tibieza del aire nocturno desprendían un perfume extraordinariamente intenso. Tras un breve trayecto, nos sentamos sobre una piedra, la misma que yo había escogido para mis meditaciones, y hablamos toda la noche de muchas cosas: de nuestras familias, de su abuelo y de su trágico final, de cómo él también, desde la infancia, se sentía turbado por el hecho de que Ottavio hubiera amado la belleza sin amar a Él, que la había fundado en nuestros corazones.

«La belleza, la armonía existen en la medida en que somos capaces de percibirlas, de gozar con ellas. Sólo así se convierten en alimento para el alma. De no ser así son sólo deslumbramiento y —como sucede cuando nos cruzamos con un coche que nos hace señales con las luces obligándonos a virar— nos empujan inevitablemente a desviarnos de nuestras intenciones, a mezclar el blanco con el negro, a transformarlo todo en un lodo gris.»

«El corazón», continuó Arik, «es el lugar de esta batalla, ahí las buenas intenciones se enfrentan con las malas y todo está permitido. Hay que ser consciente de esto; si no, se termina por rendirse sin tan sólo haber combatido, sucumbiendo a la opacidad de lo indistinto, que es el gran enemigo de estos tiempos. La opacidad le quita alegría a la vida, sustrae la luz de lo que nos rodea y relega nuestro ser a la oscuridad».

A nuestro alrededor los chacales se alertaban aullando acompañados, a ratos, por los ladridos de un perro y, aunque todavía era de noche, los gallos también empezaron a modular sus cantos para saludar la llegada del nuevo día.

Arik me indicó un arbolito enganchado a un palo guía.

«¿Ves? Nosotros —como los árboles— tenemos un deseo natural de ascender, de elevarnos. Puede que esté sepultado bajo kilos de desechos, pero existe. Es una especie de nostalgia que mora en la parte más profunda de todo hombre. Pero la vida es compleja y está llena de contrastes y nosotros, sometiéndonos únicamente al juicio de nuestra mente, corremos el riesgo de equivocarnos de dirección, de ser cegados por un sol ficticio. Por eso existe la Torah, es como el tutor de ese joven árbol, nos ayuda a crecer rectos, a ir al encuentro del cielo sin que nos quiebren las tempestades de viento.»

Entre las ramas de los árboles empezaron a vibrar las alas de los gorriones que se despertaban trinando cada vez más fuerte.

Por oriente las tinieblas le cedían ahora el lugar a la luz, el azul claro se transformaba en naranja dorado cuando Arik se puso en pie y, en voz baja, empezó a rezar. Lo imité; estaba a su lado de pie, y no sabía qué decir, nadie me había enseñado nunca una oración, buscaba desesperadamente las palabras que le dieran voz a mi estado de ánimo.

Las abubillas, con su vuelo ondeante, cruzaban las hileras de árboles cuando de mis labios salió un gracias. Gracias por la vida, gracias por el esplendor, gracias por la capacidad de comprenderlo.

La semana siguiente recibí otra llamada de Italia, pero esta vez no era de mi padre.

La policía de Mestre me anunciaba que había encontrado a un hombre muerto en un paso subterráneo cerca de Marghera. Su nombre era Massimo Ancona y en el bolsillo de su chaqueta habían encontrado una carta dirigida a la hija, con mi número de teléfono. Me preguntaron si lo conocía y si, ya que no constaba en los documentos, era efectivamente su hija. Y si así era, yo debía ir lo antes posible al depósito de cadáveres para el reconocimiento.

Esa misma tarde fui a Haifa para reservar una plaza de avión: el primer puesto disponible era dentro de tres días, en un vuelo que me llevaría de Tel Aviv a Milán.

Lo confirmé y regresé al kibutz.

Esa noche no logré pegar ojo. Me maldecía por no

haberlo llamado. La policía no consiguió decirme cómo había muerto, lo que me hizo sospechar que se había suicidado. A lo mejor estaba desesperado, quería decirme algo y yo no di señales de vida: a pesar de que él no sintió tener ninguna responsabilidad sobre mis comienzos, yo me sentía, sin embargo, responsable de su final.

Sólo con la sabiduría de la mañana me di cuenta de lo absurdo de esos pensamientos: mi padre jamás se habría suicidado por una llamada no correspondida, protegido como estaba, desde siempre, por la ausencia de afectividad y por su egoísmo.

Al día siguiente me sentía demasiado inquieta para emprender mis acostumbradas actividades, así que tomé el autobús y me fui a la montaña de las Bienaventuranzas.

Llegué a la hora del almuerzo y el gran jardín que rodea la basílica estaba casi desierto. Más abajo, brillaba el mar de Galilea como un espléndido espejo, mientras el viento que subía de la carretera traía de forma intermitente el ruido de los coches.

En esas escasas decenas de kilómetros, Jesús consumió su breve existencia. La muchedumbre, que lo seguía a todas partes, le pedía curaciones a cada paso. No me costaba imaginar el agotamiento y la soledad que debía sentir por aquel constante asalto de los que le imploraban: tras treinta años de silencio, tres años sumergido en un permanente caos.

¿Qué significaba sanar? Ver, caminar, sentir de nuevo, pero, ¿para qué? ¿Para tener apetito, dormir bien, poder correr veloces? ¿O acaso para acceder a otro nivel de conciencia del vivir? ¿Y qué relación existía entre las melosas palabras que había oído en televisión y la fuerza, el rigor, la severidad de lo que salía de la boca del Rabí de Nazaret? ¿Podrían, un día, esas palabras sanarme a mí también?

Me paseé por los senderos del parque siguiendo las piedras blancas que llevan grabadas las Bienaventuranzas; en torno a mí las plantas florecían de manera exuberante y las oropéndolas lanzaban sus cantos al aire como si fueran preguntas. Cuando leí «*Bienaventurados los misericordiosos porque tendrán misericordia*» pensé en mi padre: ¿dónde se encontraría ahora? ¿Estaba ahí cerca y me veía o se había precipitado en algún lugar oscuro del que nunca más emergería? ¿Habría misericordia para la esterilidad de su vida? ¿Qué era en realidad la misericordia? ¿No sería quizá participar de la compasión de Aquel que nos había creado?

Me volvían a la mente las palabras de Arik: «el rigor de la ley y la misericordia caminan siempre el uno al lado de la otra, pero en las decisiones más importantes es siempre la misericordia la que vence porque, para las entrañas de una madre, ensañarse con un hijo es imposible».

La idea de una maternidad de Dios me había impresionado profundamente.

«Pero en definitiva, ¿qué quiere Él de nosotros?»

«Quiere que crezcamos, quiere transformación, arrepentimiento, quiere vivir en nuestro corazón, como nosotros, desde el principio, vivimos en el suyo. No es el poder aquello que desea compartir con nosotros sino la fragilidad.»

7

Dos días más tarde, con su malparado Subaru, mi tío me acompañó al aeropuerto Ben Gurión.

Nos despedimos con un largo abrazo y con la promesa de que vendría lo antes posible a Trieste: la invitación se extendía también a Arik y su familia, naturalmente.

El vuelo fue bien.

En Milán tomé el tren para Venecia y me bajé en Mestre.

Cuando llegué a la comisaría de policía un joven cabo me acompañó de inmediato al depósito de cadáveres. Por el camino me contó que según la autopsia, ya efectuada, la causa de la muerte resultó ser claramente natural: de repente el corazón dejó de latir.

Los zuecos de la empleada que nos abría camino eran de goma y producían un extraño sonido de ventosa sobre el suelo de linóleo.

Un viento helado me golpeó cuando entré en la cámara frigorífica. Sobre las mesas de acero yacían tres cuerpos. Él ocupaba el lugar central. Sus pies sobresalían de la sábana verde (era la primera vez que los veía sin zapatos), un brazo colgaba lateralmente.

El cabo levantó la sábana: «¿Lo reconoce?»

En lugar de la habitual sonrisa irónica, sus labios parecían entreabiertos con una expresión de estupor.

«Sí», contesté, «es mi padre, Massimo Ancona».

«Lo siento», dijo el militar.

«Yo también lo siento», dije, y en ese momento sentí las lágrimas que resbalaban por mis mejillas.

Impaciente por el frío, la encargada masticaba un chicle (el ruido de sus mandíbulas era el único en ese silencio irreal) mientras el policía rellenaba formularios.

En un impulso aferré la mano blanca que colgaba de la sábana y la apreté entre las mías, la piel estaba fría como la de las serpientes, la densidad y el peso no eran muy distintos a los de los vivos, las uñas cortadas precipitadamente.

«Éste es tu último frente», le susurré, y me incliné para darle un beso. «Gracias por la vida que me has dado, a pesar de todo.»

De regreso a casa, abrí la bolsa de plástico que me había entregado la policía. En ella estaban las llaves de su casa, las del coche, una tarjeta de los trenes regionales (caducada desde hacía un mes), una pequeña agenda de teléfonos, una cartera con los bordes usados y un sobre blanco en el que estaba escrito mi nombre.

La cartera contenía unas cuantas monedas, un billete de cincuenta mil liras y dos de cinco mil, la cartilla de la seguridad social, una tarjeta para los puntos de un supermercado de Monfalcone (faltaban sólo cuatro sellos para el anhelado premio, un albornoz) y, de un compartimiento lateral, despuntaba una pequeña foto consumida por el tiempo: una mujer elegante, no muy alta, miraba fijo al fotógrafo con una expresión entre altiva y aburrida, mientras apretaba distraídamente la mano de un niño. La debieron tomar en la orilla de San Marco o enfrente de la Giudecca, el niño indicaba sonriendo algo que lo llenaba de sorpresa: ¿una nave, un pájaro castañero, un pájaro nunca visto antes? Si los ojos de la madre reflejaban únicamente condescendencia hacia su ego, los del niño rebosaban de una indómita y alegre curiosidad. En el reverso, con una tinta descolorida ya, estaba escrito: *Venecia 1936, mamá y yo en el malecón.* Massimo Ancona y su madre, el profesor de filosofía del lenguaje y la inagotable jugadora de canasta, mi padre y mi abuela, encerrados en una cartera como la mayor parte de los comunes mortales.

El nombre de un restaurante de Monselice estaba estampado en la tapa de plástico verde de la agenda prácticamente vacía: en la D, los números del doctor y del dentista, en la F, tres o cuatro fondas, y aquí y allá los teléfonos de algunas editoriales, dos o tres nombres femeninos y, en la primera página, mi número de Trieste y debajo, a lápiz, con letra temblorosa, el de Israel.

La misma escritura incierta había garabateado mi nombre en el sobre. Lo abrí: en su interior, dos folios amarillentos (con el membrete de un hotel de Cracovia) escritos con letra apretada por ambos lados.

Grado Pineta, 13 de mayo

No sé si esta carta llegará algún día a tus manos pero, si la lees, querrá decir que yo ya no formo parte de este mundo. Tú sabes cuánto detesto los sentimentalismos, sin embargo, no puedo evitar el hecho de escribir estas líneas. En el fondo tú has sido lo inesperado.

Lo temido y lo inesperado.

Has llegado al final de mis días y —como esas plantas que lanzan sus finas (y prepotentes) raíces a colonizar el espacio que las rodea— has abierto una fisura en mi vida introduciendo por ella tu mirada, tu voz y tus preguntas y de esa mirada, de esa voz y de esas preguntas ya no he logrado liberarme.

¿Es la llamada de la sangre o la debilidad de la senilidad? No lo sé, ahora no tengo fuerzas ni tiempo para responderte. En el fondo no tiene demasiada importancia, ya no debo defenderme más ni explicar nada.

Hoy he intentado quitarme la vida.

Nada de extraordinario o melodramático, lo de poner fin personalmente a mis días es una decisión que tomé desde que tengo uso de razón; al no escoger nacer, la única libertad que nos es dada es la de establecer cuándo morir. Mi cuerpo está en evidente decadencia y desgraciadamente mi cabeza lo acompaña.

Esta mañana se ha roto la persiana de mi habitación. Me he quedado a oscuras hasta las cinco de la tarde persiguiendo inútilmente al técnico por teléfono, mientras seguían contestando: «inténtelo más tarde, lo llamaremos nosotros», pero no ocurrió, así, al final, he decidido salir a dar un paseo. Me puse en camino con el dulce aire de mayo, acompañado por los incansables vuelos de los pájaros que llevaban comida a sus nidos; unas florecillas amarillas salían de entre el cemento. Mayo, he pensado, es el momento más extraordinario para marcharse, el que requiere más valor porque la vida está en la plenitud de su esplendor. ¿Qué cuesta suicidarse en noviembre, cuando el cielo está velado por una espesa cortina de lluvia? Se podría pensar que es la depresión la que me ha llevado a hacerlo pero no es así, estoy perfectamente lúcido y soy consciente de mi decisión.

Cuando he vuelto a casa he intentado llamarte, quería oír tu voz por última vez, pero no he tenido suerte: al otro lado del teléfono se pusieron varias personas, me hablaron un poco en inglés, hebreo y español, de todas formas no lograron encontrarte.

Entonces me he subido a una silla para coger la pistola: hacía años que estaba cuidadosamente puesta encima de la librería, envuelta en un paño oscuro. La he cargado y he esperado el final de la noche leyendo mis poesías preferidas. No quería morir en casa como un ratón, deseaba irme a un espacio abierto, delante del mar, ver una vez más el alba, el sol que asoma e inunda de luz el mundo.

A las cuatro he salido y he llegado hasta la playa, en la oscuridad oía las conchas crujir debajo de mis zapatos; me he sentado en el mismo patín de agua que escogiste tú una vez en una de nuestras paradas, sentía el frío del metal en el muslo.

Poco después de las cinco, el cielo ha empezado a aclarar por el este, encima de Trieste e Istria, el aire se ha llenado de los gritos de las aves marinas y, con la marea baja aún, el agua batía dulcemente. He mirado a mi alrededor y he sacado la pistola del bolsillo, a la espera. Cuando el disco naranja ha aparecido en el horizonte me la he apuntado contra la sien y he apretado el gatillo: ha hecho un tlac y no ha sucedido nada. He corrido el tambor, otro tlac.

Mientras, en la playa ha llegado un jubilado con sus dos caniches, lanzaba al aire una pelota de colores y ellos la perseguían ladrando felices. No soy capaz ni de matarme, he pensado, metiendo la pistola en el bolsillo.

Por la mañana vino el técnico de las persianas y, con él, la luz a la habitación. Por la tarde he ido a hacer unas compras a Monfalcone. La vida sigue, no sé cuánto tiem-

po, pero sigue, he pensado mientras ponía la pistola en un cajón. Esperaré que el destino siga su curso.

Por la noche me he asomado al pequeño balcón de la cocina, la temperatura, ahora casi estival, hacía fermentar las algas de la laguna saturando el aire de un olor salobre; en un apartamento iluminado del edificio de enfrente, una mujer con delantal y un cubo limpiaba a fondo las habitaciones, ante la inminente migración del verano.

Estaba entrando cuando entre los arbustos que dividen los dos edificios, de repente, he visto luciérnagas; hacía años que no me sucedía —danzaban entre el suelo y los arbustos bordando el aire con su luminosidad intermitente—. Tan sólo un día antes habría sonreído ante la astucia de la estrategia para la reproducción: ¿qué otra cosa eran esas luces sino una extraordinaria estratagema para alcanzar la cópula?

Pero esa noche, de golpe, todo me parecía distinto, ya no sentía irritación hacia el ama de casa que limpiaba los suelos, ni veía la mecanicidad en los pequeños fuegos fatuos de las luciérnagas.

En esas luces no hay astucia, sino sabiduría, me he dicho, y me he puesto a llorar. Habían transcurrido más de sesenta años desde la última vez que lo había hecho, en la nave que nos llevaba a Brasil.

Lloraba despacio, en silencio, sin sollozar, lloraba por esas pequeñas centellas de luz envueltas en la prepotencia de la noche, por su vagar incierto, porque en ese momento vi con claridad que en toda oscuridad vive comprimido un fragmento de luz.

¿Te hago reír? ¿Te parezco patético? Tal vez sí, probablemente estas frases irritarán el furor inagotable de tu juventud, pero ahora ya no me importa nada. Mejor dicho, me cubriré aún más de ridículo diciéndote que a lo largo

de todos estos meses he vivido con la esperanza de volverte a ver.

Sabes que yo siempre he escogido el camino de la sinceridad (incluso a costa de hacerme daño), así durante estos días, durante este tiempo que el destino me ha concedido, eludiendo mi orgullo, tengo la posibilidad de reflexionar sin miedos porque, en el fondo, ya estoy muerto —siento la sábana sobre mi cuerpo y la tierra húmeda que me cubre—. Precisamente porque estoy más allá (y ya no temo el ridículo) puedo decirte que ha sido el miedo lo que ha determinado mi vida, lo que yo llamaba audacia era en realidad sólo pánico. Miedo de que las cosas no fueran como había decidido, miedo de superar un límite que no era de la mente sino del corazón, miedo de amar y de no ser correspondido.

Al final es, en realidad, sólo éste el terror del hombre y es por eso por lo que cae en la mediocridad.

El amor es como un puente suspendido en el vacío…

Por miedo complicamos las cosas simples, con tal de perseguir los fantasmas de nuestra mente transformamos un camino recto en un laberinto del que no sabemos salir.

Es tan difícil aceptar el rigor de la simplicidad, la humildad de la entrega.

¿Qué otra cosa he hecho durante toda mi existencia sino esto? Huir de mí mismo, de las responsabilidades, herir para no ser herido.

Cuando leas estas líneas (y yo esté en una cama frigorífica o bajo tierra), que sepas que en los últimos días me ha invadido un sentimiento de tristeza —una tristeza sin rabia, melancólica, y puede que por ello todavía más dolorosa.

Orgullo, humildad: al final hay sólo esto sobre el plato de la balanza. No sé cuál será su peso específico, no pue-

do decir si un día de humildad puede bastar para redimir una vida de orgullo.

Hubiera sido bonito poderte abrazar, pequeña bomba de relojería llegada por sorpresa (y demasiado tarde) para devastar mi vida; aunque esto no te resarcirá de nada, quería apretarte en un último gran abrazo, un abrazo que encierre todos los abrazos que no te he dado: los de cuando naciste y de cuando eras pequeña, los de cuando crecías y los que necesitarás cuando yo ya no esté.

Perdona la estupidez del hombre irónico que te ha traído al mundo.

Papá

Una semana más tarde, en el cementerio judío de Trieste celebramos el funeral. Aparte de los hombres del *minyan* y del rabino estaba sólo yo. Cuando terminaron de recitar el Qaddish, de unas obras cercanas sonó fuerte la sirena de mediodía.

Era un caluroso día de verano y no había mucha gente en el camposanto. En lugar de ir a casa bajé al cementerio católico. Antes de entrar, compré un bonito ramo de girasoles en los puestos de la puerta de entrada.

Durante el invierno muchas hojas, mezcladas con folletos publicitarios, habían sido transportadas por el viento del norte a nuestro pequeño panteón, abandonado desde hacía tiempo. En su interior el aire era sofocante, olía a humedad, a moho: hacía años que nadie lo limpiaba. Abrí la puerta de par en par y fui a comprar una escoba y un trapo. Al terminar puse las flores en el jarrón y me senté a haceros compañía.

Quién sabe dónde estaríais, cómo estaríais. Quién

sabe si, al menos del otro lado, tú y mi madre os habríais encontrado, si habríais logrado finalmente disipar las sombras que os habían impedido tener una relación serena. Quién sabe si podríais verme desde allá arriba, sentada sobre vuestra tumba una tarde de verano. ¿Quién sabe si era verdad que los muertos tienen el poder de estar al lado de los vivos, de protegerlos sin nunca perderlos de vista? ¿O es sólo un deseo nuestro o una muy humana esperanza? ¿Era verdad que del otro lado estaba el juicio y el arcángel Miguel sujetando, con dedos ligeros, el delicado sistema de contrapesos? ¿Y cómo se establecían las unidades de medida? ¿Era el peso específico el mismo para todas las acciones? ¿Había sólo dos categorías —el bien y el mal— o las valoraciones eran algo más complejas? ¿Cuánto pesaban los sufrimientos de un inocente? Y la muerte violenta de un justo, ¿valía lo mismo que la de un impío que moría de vejez? ¿Por qué el hombre malo goza con frecuencia de una vida larga y sin sacudidas —como si alguien lo protegiera— mientras que el bueno debe soportar injurias y adversidades? ¿Es acaso la longevidad concedida a los hombres sin escrúpulos una señal de la misericordia divina y viven tanto para disponer de más tiempo para arrepentirse y convertir su corazón?

Y el dolor, ¿qué peso tiene?

El dolor de mi madre, el de mi padre, el tuyo, el del tío Ottavio y el mío (cuando muera), ¿donde irán a parar? ¿Será polvo inerte o alimento? ¿No sería mejor poder vivir sin preocupaciones, sin hacerse preguntas? ¿Pero cómo acaba el hombre que no se interroga, que no tiene dudas?

Arik me había hablado de la inclinación al bien y al mal que hay en cada uno de nosotros, de la lucha que libran constantemente en nuestro corazón. Vivir inertes, sin hacerse preguntas, ¿no quería decir entregarse a la banal mecánica de la existencia, a la inexorable ley de gravedad que (en cualquier caso y siempre) nos arrastra hacia abajo? ¿Acaso no nacen de la nostalgia las dudas y las preguntas? De la misma manera que las células apicales dirigen, en cualquier caso y siempre, las plantas hacia lo alto para buscar la luz, las preguntas deben elevar a los hombres hacia el cielo: ¿No serán quizá el dolor, la confusión y los estragos del mal la consecuencia de nuestro desvío?

En la pequeña biblioteca del kibutz conocí a Miriam, una mujer francesa, superviviente de Auschwitz. En un brazo llevaba ruidosas pulseras, en el otro la marca violeta de su número. Yo no lograba apartar la mirada de esa cifra.

«¿Te impresiona?», me preguntó.

«Sí», respondí con honestidad.

De esa recíproca sinceridad nació nuestra amistad. Cuando estalló la guerra, me contó, tenía veintidós años, le faltaba sólo uno para licenciarse en biología.

«Mi padre era un hombre de ideas muy avanzadas para su tiempo, me tuvo ya maduro y, como era médico, siempre estimuló mi curiosidad; para su gran alegría, desde pequeña sentía atracción por todo lo que estaba vivo: me gustaba observar, hacerme preguntas, experimentar; mientras mis compañeras de colegio se perdían en los cuentos acaramelados, yo realizaba una navegación en solitario entre las mitocondrias y las enzimas; sus procesos eran la única magia que lograba sorprenderme. Mi ídolo era Madame Curie, sabía de memoria todos los momentos de su biografía. Quería ser como ella, poner mi intelecto al servicio de la humanidad. Razonar sobre las cosas ha sido siempre mi pasión; de estudiante —exaltada por el ambiente de aquellos años— pretendía poder demostrar la insensatez del mundo, su locura.

»Sin embargo, la historia, brutalmente, me ha llevado por otros derroteros. Vi a mi padre y a mi madre encaminarse hacia la muerte, recogí su última mirada antes de que desaparecieran en la antecámara de los hornos. Yo también debería haber muerto, unos meses más tarde, como consecuencia de la represalia por una tentativa de fuga, pero alguien dio un paso adelante por mí; era un hombre: a mi terror juvenil opuso su serenidad.

»Estoy aquí porque él desapareció, ¿qué otra cosa podría ser yo sino un testigo, alguien que no cesa de interrogarse sobre aquel paso? Todas las preguntas de mi vida están encerradas en esos modestos treinta centímetros: un paso dado, otro retenido.»

Sentadas en el rincón más fresco de la biblioteca, pasábamos horas hablando de la muerte, del corazón de Europa que se había convertido en cenizas en tan sólo seis años.

«Todos dicen: ¿Dónde estaba Dios? ¿Por qué no puso fin a la masacre con un chasquido de dedos, por qué no hizo caer sobre los impíos una lluvia de brasas, fuego y azufre?», me repetía con frecuencia Miriam, «pero yo, sin embargo, digo: ¿Dónde estaba el hombre? ¿Dónde se hallaba la criatura a la que "has hecho un poco menor que los ángeles"?* Porque fueron los hombres los que construyeron las cámaras de gas, ingenieros especializados establecieron el justo ángulo de rota-

* Salmo 8, 6. Versión para web 2004. Publicaciones Menorah.

ción de las carretillas de los hornos para optimizar el tiempo: nada debía detener el ritmo de la liquidación; realizaban sus cálculos mientras las mujeres hacían punto en el salón y los hijos con sus pijamas de franela dormían en las camas abrazados a sus ositos de peluche. Fueron los hombres los que, casa por casa, siguieron el rastro de las personas, los que las desanidaban de los lugares más ocultos; fueron los hombres los que se empaparon las manos de sangre, los que mataron a patadas a los recién nacidos, los que masacraron a los viejos; hombres que podían elegir y no lo hicieron; hombres que —en lugar de percibir la mirada del otro— veían sólo en él un objeto».

«¿Sabes cuál es la trampa más grande?», me dijo otro día, mientras les quitaba el polvo a unos centenares de libros que trataba con la misma dulzura con la que se trata a los hijos: «Es que todos están convencidos de que el holocausto fue un fenómeno circunscrito en el tiempo, se hacen continuamente conmemoraciones en las que, con justificada firmeza, todos repiten: "¡Nunca más! ¡Que nunca más se produzca semejante horror en la tierra!" Pero cuando estalla el bubón de la peste, ¿qué sucede? ¿Se cura el enfermo y acaba la epidemia? ¿O bien se propaga de manera cada vez más virulenta liberando las bacterias que pueden finalmente correr para llevar el contagio a todas partes?

»En cambio, habría que tener el valor de decir: "¡Todavía y siempre!" Porque todavía y siempre, bajo una aparente normalidad, los miasmas de aquellos años infectan nuestros tiempos, preparando para nosotros un holocausto de dimensiones cósmicas. Y el lugar en que se ejercita la perfección técnica es la sociedad.

»En Auschwitz nada era por casualidad, no había

desperdicios ni pérdidas de tiempo, existía sólo el puro mecanismo; era la organización central la que se ocupaba de todo: de esa meticulosa programación nacería, finalmente, el hombre perfecto, el único capaz de dominar el mundo y el único digno de vivir en él.

»¿Y de qué otra cosa nos quieren convencer, ahora, sino del hecho de que nuestra sociedad puede llegar a ser tan perfecta como la de las hormigas? ¿Son realmente las abejas y las hormigas los modelos hacia los que debemos tender? ¿Tenemos patitas, antenas y ojos prismáticos?

»Aún no se han apagado las hogueras del final del comunismo, ni cerrado sus heridas que ya se nos anuncia un nuevo paraíso en la tierra: un mundo sin enfermedades ni muerte, sin deformidades ni imperfecciones.

»El paraíso de los aprendices de brujo. "Todo está en nuestras manos", gritan desde todas las televisiones y periódicos del mundo, cuando cualquiera que se detenga, aunque sea sólo un instante para reflexionar, sabe que nada está en nuestras manos: ni la posibilidad de nacer ni el momento de la muerte (a menos que se la busque uno mismo), ni el agua que baja del cielo ni los terremotos que parten la tierra.

»A los aprendices de brujo se les escapa esta complejidad, convencidos como están de que los microes de realidad que dominan en sus recintos asépticos son el universo. Así, mezclan alegremente los patrimonios genéticos de las especies, en nombre del progreso (sólo visible para ellos y para las multinacionales que sellan sus patentes), clonan flores, animales y seguramente en la secreta oscuridad de algún laboratorio están ya clonando, también, al hombre (en el fondo sería cómodo tener a disposición una copia de nosotros mismos de la que poder sacar las piezas de recambio en caso de avería).

»Su arma es la persuasión benéfica: manipulan la buena fe de las personas convenciéndolas de que todos estos estragos tienen únicamente fines filantrópicos: ¿cómo podrán comer los millones de pobres que hay en el mundo sin las nuevas semillas inventadas por el hombre para el hombre? Pero, digo yo, ¿no eran suficientes las que ha inventado el Señor, no existe ya una extraordinaria complejidad puesta a nuestro servicio? ¿Y no es quizá nuestra incapacidad de ver la complejidad lo que nos empuja a buscar nuevos horizontes, que en realidad son horizontes de muerte?

»En el momento en que el hombre sueña para el hombre un mundo sin dolor, sin imperfecciones, en realidad está ya desenrollando alambradas, divide el mundo en aptos y menos aptos y estos últimos no difieren mucho de un lastre, algo que se debe eliminar por el camino.

»Yo estoy con Madame Curie, naturalmente —la misión del hombre *es* curar al prójimo—, pero cuando la cura se vuelve un delirio de omnipotencia, cuando se mezcla con la lucha por las patentes millonarias, entonces se transforma en algo muy distinto de la justa aspiración del ser humano. En lugar de aplaudir a las grandes promesas de la ciencia, habría que tener el valor de hacer una pregunta, asumiendo la impopularidad de Jeremías: sin enfermedad, sin fragilidad, sin incertidumbre, ¿en qué se transforma el hombre?, ¿y en qué se convierte su prójimo? ¿Somos máquinas cada vez más perfeccionables o inquietas criaturas en el exilio? ¿Se halla en la omnipotencia nuestro sentido último o en la aceptación de la precariedad? De la precariedad nacen las preguntas; de las preguntas puede nacer el sentido del misterio, del estupor, pero la certeza, la omnipotencia, ¿qué pueden generar?

»¿Acaso no quieren transformar al hombre en un consumidor omnívoro, siempre insatisfecho? Compro, luego existo: éste es el horizonte hacia el que todos —dóciles como ovejas— nos dirigimos, pero nuestra meta no es el redil sino el abismo; la idolatría está siempre al acecho en el corazón del hombre.

»Catástrofes inimaginables nos esperan a la vuelta de la esquina. ¿Cómo se puede pensar en tocar el corazón del átomo, en manipular el ADN y aún seguir hacia delante, como si nada? Mientras todos bailan con los auriculares en las orejas y los ojos cerrados por éxtasis artificiales veo, cada día más cercanos, los centelleos del final.»

Una abubilla caminaba delante de nosotras haciendo oscilar su penacho.

«¿Y no se podría hacer nada?», pregunté.

Miriam se volvió hacia mí y me miró con atención un buen rato, en silencio —¿de qué profundidad provenía la luz de sus ojos?—, y luego dijo: «está claro que habría que arrepentirse, abrir el corazón y la mente a Su palabra. Expulsar los dioses que desde hace demasiado tiempo se sacian en nuestro corazón. En lugar de las leyes del ego habría que observar las leyes de la alianza».

«¿Pero no es la ley una jaula?»

«Oh, no», sonrió, «la ley es el único camino en que el amor puede crecer...».

Un maullido interrumpió mis recuerdos: a la puerta de la capilla se había asomado una gata flaquísima, la cola fina como un lápiz, que a mi llamada empezó a ronronear aceptando con una expresión extasiada las caricias debajo de la barbilla.

Fuera, el sol había superado el cenit y dentro de la capilla el aire era sofocante. Antes de salir, rocé con delicadeza la piedra en la que estaba grabado tu nombre para después pasar a la de mi madre, con sus dos fechas —el breve tiempo de los años que vivió.

La gata me siguió hacia la salida y después desapareció detrás de una lápida. Las únicas flores que resistían con dignidad en los jarrones eran las de plástico, todas las demás colgaban exhaustas por el fuerte calor; en torno a los grifos se amontonaban decenas de avispas arremetiendo furiosamente las unas contra las otras mientras aguardaban esperanzadas una gota.

Antes de abandonar el cementerio me volví una última vez para contemplar la parte más alta (que albergaba también el cementerio judío y el otomano): todos vosotros —tú, mi madre, mi padre— estabais ahí mientras ante mí se abría el espacio desconocido de la vida; para bien y para mal, me habéis enseñado mucho: de alguna manera vuestros errores constituían una riqueza para mí.

De regreso a casa, seguí limpiando.

Abrí todas las ventanas para que se fuera el olor a cerrado, la luz de verano entraba con prepotencia para iluminar la penumbra de las habitaciones. Entré en la tuya para coger sábanas limpias. El armario de la ropa de casa estaba en perfecto orden, quién sabe por qué razón había escapado al furor de tu enfermedad: aún estaban repartidas las bolsitas de lavanda que tantas veces te había visto hacer con gran habilidad. Cuando alargué el brazo para coger las sábanas de lino de tu ajuar, las que tenían las iniciales bordadas, vi puesto encima un sobre grande amarillo. *Para ti*, habías escrito con mano insegura.

Nunca lo había visto: ¿desde cuándo estaba allí? ¿Desde antes de la enfermedad o desde el período en que lo dejabas todo a medias, desde cuando tus acciones, por razones desconocidas, también para ti, de repente tomaban otro rumbo? Lo abrí y vi que contenía un cuaderno gordo con las tapas de flores: en ese momento no me sentía preparada para afrontar lo que podía contener; así, lo puse sobre la mesa de la cocina y continué con la limpieza hasta el anochecer.

Mientras trabajaba con brío, ese día, tomé dos decisiones importantes. La primera tenía que ver con el perro: al día siguiente iría a la perrera para escoger uno porque no soportaba el jardín vacío; y la segunda concernía a mi futuro: en otoño me inscribiría en la universidad para estudiar ciencias forestales porque por fin había comprendido lo que quería hacer el resto de mis días: ocuparme de los árboles.

Cuando bajó el calor, empecé a regar el jardín. El rosal estaba al final de su floración y no parecía haber sufrido demasiado por mi lejanía, mientras las hortensias estaban más bien maltrechas: las regué un buen rato lanzando, de vez en cuando, el chorro al aire para verlo transformarse en una llovizna dorada.

Al terminar cogí una tumbona y, con tu cuaderno en una mano y un zumo de naranja en la otra, me instalé en medio del césped.

En la primera página, arriba a la izquierda, estaba escrito *Opicina, 16 de noviembre.*

Era tu caligrafía, ordenada y regular, que conocía desde siempre.

«*Hace dos meses que te fuiste*», así empezaba, «*y desde hace dos meses, salvo una postal en la que me comunicabas que todavía estabas viva, no he tenido noticias tuyas...*».

ÍNDICE

España
Av. Diagonal, 662-664
08034 Barcelona (España)
Tel. (34) 93 492 80 36
Fax (34) 93 496 70 58
Mail: info@planetaint.com
www.planeta.es

P.° Recoletos, 4, 3.ª planta
28001 Madrid (España)
Tel. (34) 91 423 03 00
Fax (34) 91 423 03 25
Mail: info@planetaint.com
www.planeta.es

Argentina
Av. Independencia, 1668
C1100 ABQ Buenos Aires
(Argentina)
Tel. (5411) 4124 91 00
Fax (5411) 4124 91 90
Mail: info@eplaneta.com.ar
www.editorialplaneta.com.ar

Brasil
Av. Francisco Matarazzo,
1500, 3.° andar, Conj. 32
Edificio New York
05001-100 São Paulo (Brasil)
Tel. (5511) 3087 88 88
Fax (5511) 3087 88 90

Chile
Av. 11 de Septiembre, 2353, piso 16
Torre San Ramón, Providencia
Santiago (Chile)
Tel. Gerencia (562) 652 29 43
Fax (562) 652 29 12
Mail: info@planeta.cl
www.editorialplaneta.cl

Colombia
Calle 73, 7-60, pisos 7 al 11
Bogotá, D.C. (Colombia)
Tel. (571) 607 99 97
Fax (571) 607 99 76
Mail: info@planeta.com.co
www.editorialplaneta.com.co

Ecuador
Whymper, N27-166, y A. Orellana,
Quito (Ecuador)
Tel. (5932) 290 89 99
Fax (5932) 250 72 34
Mail: planeta@access.net.ec
www.editorialplaneta.com.ec

Estados Unidos y Centroamérica
2057 NW 87th Avenue
33172 Miami, Florida (USA)
Tel. (1305) 470 0016
Fax (1305) 470 62 67
Mail: infosales@planetapublishing.com
www.planeta.es

México
Av. Insurgentes Sur, 1898, piso 11
Torre Siglum, Colonia Florida, CP-01030
Delegación Álvaro Obregón
México, D.F. (México)
Tel. (52) 55 53 22 36 10
Fax (52) 55 53 22 36 36
Mail: info@planeta.com.mx
www.editorialplaneta.com.mx
www.planeta.com.mx

Perú
Av. Santa Cruz, 244
San Isidro, Lima (Perú)
Tel. (511) 440 98 98

Portugal
Publicações Dom Quixote
Rua Ivone Silva, 6, 2.°
1050-124 Lisboa (Portugal)
Tel. (351) 21 120 90 00
Fax (351) 21 120 90 39
Mail: editorial@dquixote.pt
www.dquixote.pt

Uruguay
Cuareim, 1647
11100 Montevideo (Uruguay)
Tel. (5982) 901 40 26
Fax (5982) 902 25 50
Mail: info@planeta.com.uy
www.editorialplaneta.com.uy

Venezuela
Calle Madrid, entre New York y Trinidad
Quinta Toscanella
Las Mercedes, Caracas (Venezuela)
Tel. (58212) 991 33 38
Fax (58212) 991 37 92
Mail: info@planeta.com.ve
www.editorialplaneta.com.ve

Grupo Planeta

Seix Barral es un sello editorial del Grupo Planeta www.planeta.es